元禄期ころの大坂

地図作成／アトリエ・プラン

〔第二巻『悪貨』――おもな登場人物〕

山中小鹿《やまなかころく》　大坂東町奉行所普請方同心。東町奉行増《ま》し役《やく》に出向した。
和田山内記介《わだやまないきのすけ》　東町奉行所筆頭与力。実力者。
伊那《いな》　和田山の娘。小鹿の妻となったが不義をはたらく。
阿藤左門《あとうさもん》　東町奉行所与力だったが同心に格下げされる。
伊三次《いさじ》　阿藤家の三男。幼馴染《おさななじ》みの伊那に近づき、追放される。
竹田右真《たけだうま》　小鹿の同僚。
堺屋太兵衛《さかいやたへえ》　大坂の商人。
大石内蔵助《おおいしくらのすけ》　赤穂《あこう》藩城代家老。堺屋と旧知。
浅野内匠頭《あさのたくみのかみ》　赤穂藩主。
松平玄蕃頭忠固《まつだいらげんばのかみただかた》　大坂東町奉行。
土岐伊予守頼殷《ときいよのかみよりたか》　大坂城代《じょうだい》。赴任直後に淀川《よどがわ》氾濫があった。
淀屋重當《よどやじゅうとう》　大坂の豪商淀屋の四代目当主。
淀屋三郎兵衛辰五郎《さぶろうべえたつごろう》　淀屋の跡取り。放蕩《ほうとう》を重ねる。
牧田仁右衛門《まきたじんえもん》　淀屋の大番頭。
中山出雲守時春《なかやまいずものかみときはる》　幕府の目付だったが、大坂東町奉行増し役に任ぜられる。
荻原近江守重秀《おぎわらおうみのかみしげひで》　勘定奉行。小判、銀貨の改鋳《かいちゅう》を上申し、五代将軍綱吉《つなよし》の信頼を得る。
土屋相模守政直《つちやさがみのかみまさなお》　老中首座。淀屋に目を付ける。

悪貨

武商繚乱記（二）

第一章　大名の面目

一

大坂東町奉行増し役《おおさかひがしまちぶぎょうまし》に活躍《やく》の舞台はない。

本役があり、さらに西町《にしまち》奉行もいる。とても増し役が割りこむ隙間《すきま》などはなかった。

なにより居場所がなかった。

「こちらを使われよ」

本役東町奉行松平玄蕃頭忠固《まつだいらげんばのかみただかた》から、奉行所内の書院を与えられた増し役中山出雲守《なかやまいずものかみ》時春《ときはる》はまだいい。

「ここは本役の与力《よりき》詰め所である」

「本役同心《どうしん》控えへの出入りは遠慮してくれ」

増し役東町奉行中山出雲守へ配されたもと本役東町奉行所の与力、同心が哀れであった。

「することもない。かといって待機するところもない。これで出務する意味などどこにあると言うのだ」

数日で、出向させられた与力、同心のほとんどが心折れた。

「おはようございまする」

朝の挨拶《あいさつ》をすませるなり、心折れた者は組屋敷へ帰ってしまう。

町方という役目柄、夜は町奉行所へ寄らずに直接帰邸しても問題にはならなかった。やることがないならば探してでも、と奮起できる者は少ない。

「……………」

そんな様子を怒ることもなく、中山出雲守は黙って見続けた。

「死人《しびと》は遣《つか》えぬ」

中山出雲守は配下の振り落としをしていた。

「山中《やまなか》はどうにかなるな」

後をつけていなくても、仕事をしているかどうかはわかる。中山出雲守は山中小鹿《ころく》の日焼けをしっかりと見ていた。

「屋敷に籠《こ》もっていたのでは、ああはならぬ。大坂の町の把握はできていると考えてもよかろう」

中山出雲守は小鹿を配下として数えた。

「素野瀬《そのせ》は、余《よ》ではなく和田山《わだやま》を選んだようじゃ」

二人の与力の一人を中山出雲守は獅子《し》身中《しんちゅう》の虫と見抜いた。

「阿藤《あとう》も同じだな」

同心として来た阿藤左門《さもん》も中山出雲守は本役東町奉行所筆頭与力和田山内記介《ないきのすけ》の手先だと読んだ。

「他は木偶《でく》……」

残った増し役付の与力、同心を中山出雲守は役立たずだと断じた。

「さて、そろそろ動くか」

数ヵ月配下の様子と大坂の状況を確認した中山出雲守が腰をあげた。

堺屋太兵衛《さかいやたへえ》の店は小さい。

三間（約五・四メートル）間口あってようやく一人前といわれる上方《かみがた》においては、

繁盛していると思われていなかった。

そもそも店の名前が片隅に小さく入った暖簾《のれん》がかかっているだけで、なにを商っているかさえわからないのだ。当然、冷やかしの客が入ってくることはなかった。

「ごめんよ。こちらさんは、なにを商ってはりますねん」

なかには野次馬根性を出して、暖簾を潜《くぐ》って踏みこんでくる者も年に一度や二度はいるが、

「いくらのものをお探しで」

堺屋太兵衛の返答は、その意味さえわからない。

「どういうことで」

「それさえおわかりでないならば、どうぞ、お帰りを」

聞き返せば、にべなく追い出される。

「じゃあ二百文で」

と値段を言えば、

「すいません。当家では百両以下のものはございません」

と相手にされない。

「気味悪い」

「なんぞ、あやしいことでもしてるんと違いますか」

当然、まともだとは思われない。

「かつて千宗易《せんのそうえき》が所蔵していたと言われる枯れ竹の花生けを手配できるか」

「お任せを」

しかし、その堺屋にもごくまれながら訪れる客はいた。

客のほとんどは、名だたる茶道具や小間物《こまもの》などを欲する好事家《こうずか》、つごうのよい土地を探す商人あるいはその使いであり、欲しいものを手に入れるために堺屋へ頼む。

「いくらだ」

「買値を入れて二百五十両いただきたく」

用件を頼んだ客がその対価を問い、堺屋太兵衛が答える。

「わかった」

うなずいて金を出す客は問題ないが、

「高すぎる」

支払いを渋る客に堺屋太兵衛は冷たい。

「なればわたくしはものの在処《ありか》だけをお伝えしまする。交渉はそちらでお願いをいたしまする」

どこにあるかだけは調べるが、買い取る交渉はそちらでやってくれと告げる。

言うまでもないが、高名な茶器や古物は戦乱を経《へ》たことで、かなりの数がどこにあるかわからなくなっている。破壊されたものも多く、珍品、希少品の価値は高いため、まず世に出ることはなかった。

それを見つけ出すだけでも、十分にすさまじい。

しかし、それはまださほどのことではなかった。世間に知られないように秘蔵しているものを譲らせる。これこそ最難関の問題であった。

「はて、なんのことでございましょう」

「塩を撒《ま》かれないうちに帰りなさい」

いきなり売ってくれと乗りこんだところで、惚《とぼ》けられるか、追い返されるかになる。

「では、これで」

その難しい交渉をなぜか堺屋太兵衛はまとめてきた。

「あいにく、それは無理かと」

持ち主が絶対に手放さないとわかっているときは、依頼を断っている。

堺屋太兵衛は便利屋として、知る人ぞ知るといった立場にあった。

「もと堺にいた、おぬしならばどうにかなるであろう」

今日も面倒な要求を持ちこんできた客がいた。

「室伏《むろふし》さま、かなり難しいことでございますよ」

堺屋太兵衛が難色を示した。

「わかっておる。そうでなければ、そなたに話を持ってはこぬ」

室伏と呼ばれた武士が堺屋太兵衛へ言った。

「へし切り長谷部《はせべ》の試し打ち刀でございますか……」

堺屋太兵衛が険しい顔をした。

「へし切り長谷部は織田信長《おだのぶなが》公から黒田《くろだ》家が拝領している」

「そう伺っておりまする」

室伏の言葉に堺屋太兵衛が首肯した。

「そのへし切り長谷部には、兄とも呼べる刀がある」

「…………」

相づちを入れず、堺屋太兵衛が室伏の話を聞いた。

「今でも名だたる刀工はそうだというが、依頼を受けて刀を打つとき、何度も試行錯誤する。ようは、己が名に恥じぬものを生み出すためのものじゃ。へし切り長谷部の鍛冶《かじ》である長谷部国重《くにしげ》もそうであったと伝わっている」

室伏が続けた。

「そして満足するものができた。刀は注文主、あるいは願をかけた神社へ納められる」

「残るは、その試し打ち」

「うむ」

堺屋太兵衛の返しに、室伏が満足げにうなずいた。

「普通は、溶かされてふたたび玉鋼《たまはがね》に戻されるのだが、まれに出来のいいものは残される」

「同じ造りの太刀が二つ。わずかな差であるというのは……」

「刀工の意地もある。普段は決して表に出ないが、本人の死後散逸することはある。あるいは弟子が己が勉強のためにと盗むこともな」

「それがへし切り長谷部にもあると」

「ある」

確認した堺屋太兵衛へ、室伏が断言した。

「噂くらいは知っていようが」

室伏の目が鋭くなった。

「噂ていどでございますが」

しっかりと堺屋太兵衛は逃げ道を作った。

「……………」

「織田信長さまが、安土城《あづち》の絵図屛風《びょうぶ》を羅馬《ローマ》の切支丹《キリシタン》総本山に贈られるときに、へし切り長谷部造りの太刀があったと」

目で促された堺屋太兵衛が告げた。

「安土城の絵図屛風は堺湊《みなと》から南蛮《なんばん》船に乗せられたのであろう」

「さようで」

今は見る影もないが、かつての堺は南蛮からの船で海が埋め尽くされるほど繁栄していた。この国の中心とされる京に近く、大型の船が停泊できるくらいには深い。まさに堺は異国への玄関口であった。

当然、キリスト教の布教に来た神父たちも、この国の支配者である朝廷、将軍、天下人《てんかびと》と言われる大名に会うため、堺にやってきていた。

その堺に目を付けたのが織田信長であった。

十五代足利《あしかが》将軍となる義昭《よしあき》を奉じて京へ入った織田信長は、褒賞《ほうしょう》の一つとして堺に代官を置く許しを請うた。

織田信長は堺の持つ交易の利と鉄炮《てっぽう》など南蛮から渡ってきた新兵器の入手を目的としていた。

とくに南蛮から入ってくる新知識に価値を見いだした織田信長は、カトリックの布教にも寛大であった。

「もっと多くのことを知りたい」

織田信長は海の向こうから来た宣教師によって、地球が丸いことも、南蛮へ至る航路のことなども知った。

当時としては最新の知識に触れた織田信長の要求は膨《ふく》れあがり、ついにその知識の源である羅馬へと直接の連絡を取ろうとした。そのための贈りものとして、織田信長はできたばかりの安土城を映した屏風絵図を贈った。

「派手好きな織田公のことだ。屏風だけではなかっただろう」

「おそらく」

堺屋太兵衛も同意した。

「美しい織物、常滑《とこなめ》の焼き物、珊瑚《さんご》や真珠《しんじゅ》などの珍品、そして刀」

室伏が並べた。

「それがへし切り長谷部の写し、いや、試作だと」

「黒田家に伝来しているへし切り長谷部には、同じ姿のものがもう一振りあったと伝えられている」

「存じませぬ」

知らなかったと堺屋太兵衛が首を左右に振った。

「そこまではさすがの堺屋も知らぬか。当家に伝わる話だが、信長公はへし切り長谷部をずいぶんとお気に召されていた」

室町《むろまち》に幕府ができたころに長谷部国重が鍛えた一刀が、どのような経緯をとって織田信長のものとなったのかはわかっていない。ただ、まだ織田信長が尾張《おわり》の土豪であったころには、すでに愛刀となっていたことは確かであった。

「へし切りの異名については」

「それは存じておりまする。たしか、信長さまに無礼を働いた同朋衆《どうぼうしゅう》が台所の膳棚の陰へ逃げこんだのを、斬るのではなく上から圧するようにして胴体を両断したことから、圧《へ》し切りと名付けられたとか」

問われた堺屋太兵衛が答えた。

「さすがに有名な話であるから、存じていたか」

室伏がうなずいた。

「そのお気に入りの兄弟にあたる刀を織田信長公が求められたのは、当然であろう」

「はい」

「だが、その寵愛《ちょうあい》も織田信長公が天下人に近くなるにつれて、薄くなった」

「へし切り長谷部以上の銘刀が手に入るようになったからでございますな」

「そうだ」

堺屋太兵衛の発言に室伏が首を縦に振った。

天下人にもっとも近い織田信長へ誼《よしみ》を通じたいと思っている者は多かった。だからといって手ぶらで挨拶をするなど論外であり、会えないだけですめばいいが、一つまちがえれば命を落としかねないのだ。

そんな織田信長への土産《みやげ》としてちょうどいいのが、馬と刀、そして鷹であった。

いかに朝廷から高い官位をもらおうとも、織田信長は武将である。絹や珍宝などよりも武にかかわるものを好む。

織田信長のもとには、宗三左文字《そうさんさもんじ》、鬼丸国綱《おにまるくにつな》、実休光忠《じっきゅうみつただ》、薬研藤四郎《やげんとうしろう》などの名だたる銘刀が集まっていた。

「へし切り長谷部でさえ、黒田さまへ下されるくらいに愛着が薄れていた。となるとその写しなどもっと軽くなる。それで羅馬へ贈られることになった」

「のように伝わっている」

室伏が認めた。

「で、どうなのだ」

「羅馬行きの船へ積まれた刀は十振り以上あったと聞き及んでおりまする。ただ、堺へ持ちこまれたものはもう少し多かったとも」

堺屋太兵衛が思い当たると言った。

「それでは」

室伏が興奮した。

「ですが、刀の数が合わないだけで、へし切り長谷部の写しが羅馬へ行ったか、堺でどこかに消えたかはわかりませぬ」

羅馬に着いた船の積み荷まではわからないと堺屋太兵衛が首を横に振った。

「そこまでは無理か」

「残ったほうならば、どうにかなりましょうが……」

かならずへし切り長谷部の写しが残されたとは限らないと堺屋太兵衛がため息を吐《つ》いてみせた。

「やむを得ぬ。最低、そのときに残された刀ならば、どれでもよい」

「一つお伺いをしても」

許容範囲を広げた室伏に、堺屋太兵衛が質問の許可を求めた。

「かまわぬ」

「なぜ、刀がご入り用なのでございまする。今回のお代だけで、名のある刀の一振り、二振り購《あがな》えましょうに」

許しを得て堺屋太兵衛が理由を尋ねた。

「体面が保てぬのだ」

苦い顔で室伏が言った。

「……体面でございますか」

堺屋太兵衛がより困惑した。

「当家の顚末《てんまつ》は知っておろう」

「…………」

返答に困った堺屋太兵衛が黙った。

「先代さまの乱心が原因で、八千石を減らされたうえ大和松山《やまとまつやま》から丹波《たんば》柏原《かいばら》へと移封された。陣屋もない山中への移封は、金がかかった。事実、まだ陣屋は完成せず、藩政は借りあげた名主の屋敷を使っている有様である」

口を閉じた堺屋太兵衛を気にせず、室伏が続けた。

「それはまあよい。どこにも裕福な大名などいないからな。問題は、当家に伝わってきた信長公ご愛用の品がなくなったことじゃ」

「なくなった……盗まれたと」

堺屋太兵衛が怪訝《けげん》な顔をした。

「売り払ったのよ。少しでも藩を潤《うるお》すためにな」

「ご英断でございますな」

室伏の語りに堺屋太兵衛が感心した。

「それを運悪く上野小幡《こうずけおばた》に知られてしまった。ああ、上野小幡は同じく織田信長公を先祖とする一門じゃ」

ちゃんと細かいところまで室伏は説明した。

「もともと兄弟で上野小幡と大和松山を分けて支配していた織田家の末裔《まつえい》だったが、最初から仲が悪くてな。上野小幡が織田信長公の次男信雄《のぶかつ》公の四男を初代としているのに対して、大和松山は五男の高長《たかなが》公を祖としている。そのうえ、大和松山は信雄公の隠居領であったのだ。本来ならば隠居が亡くなれば、その領地は本家に吸収されるか、御上に収公される。それを信雄公は御上に願い出て五男であった高長公へと継がせた」

隠居領を与えられるほどとなれば、よほど徳川《とくがわ》家と近いか、功績ある家柄になる。織田家は戦国の世で徳川と同盟を組んでいたという過去のおかげで別格扱いされていた。

「よくご本家が黙っておられましたな」

堺屋太兵衛が驚いた。

「黙ってなどおるものか。隠居領は本家に返すのが筋と御上へ訴えられたが、却下された。つまり御上は大和松山藩を一つの独立した家と認められた。遺恨ができるのも無理はなかろう。そこに今回の丹波柏原への移封じゃ。好機とばかりに上野小幡が当家を挑発にかかって参った。信長公ご愛用のお形見すらないとな」

「それはまた」

室伏の話を聞いた堺屋太兵衛があきれた。

「はっきり申すが、本来ならば刀に数百金を費やす余裕などはないが、これも家の面目を保つため。陣屋の完成が遅れてもなんとかせねばならぬことなのだ」

「わかりましてございまする。室伏さまには親しくお付き合いをいただいてもおりまする。なんとか丹波柏原の織田さまのために働いてみましょう」

真剣な表情をした室伏に堺屋太兵衛が首を縦に振った。

「おおっ」

「ではございますが、わたくしも商い。刀のことはどこになにがと知れてからとさせていただくにしても、調べるためには費《つい》えも要《い》りまする」

「……いくら出せばよい」

喜色を一気に渋いものへと変えた室伏が堺屋太兵衛に訊いた。

「とりあえず五十両お預かり願いたく」

「五十両……わかった」

室伏が一瞬悩んだが、すぐに決断した。

「たしかにお預かりをいたしました」

堺屋太兵衛が五十両の受け取りを書いた。

「では、十日ほどお待ちくださいませ」

「頼んだ」

室伏が席を立った。

二

大坂東町奉行所普請方《ふしんかた》同心であった山中小鹿は、筆頭与力和田山内記介との確執の影響で、増し役として大坂へ赴任してきた中山出雲守時春の配下として出向を命じられた。

「大坂の実状を聞かせよ」

初目通りのおり、出向させられた者のなかで唯一《ゆいいつ》遅参することなく、東町奉行所増し役役所へ出向いた小鹿を中山出雲守は気に入り、側《そば》近くに置いた。

「実状と申しましても」

曖昧《あいまい》すぎると小鹿は戸惑った。

「ふむ、話が大きいか。ならば盗賊の出現はどうだ」

中山出雲守が話しやすいところから問うた。

「まったくいないわけではございませぬが、徒党を組んでのものはさほどはございませぬ」

「さほど……あるのだな」

「……ございまする」

追及された小鹿がうつむいた。

「どのような例がある。近いものは」

「徒党を組んでのものは、三ヵ月ほど前に道頓堀《どうとんぼり》に面した商家が牢人《ろうにん》らしき一団に襲われましてございまする。被害は奉公人二人と主《あるじ》が殺害され、およそ八百両が奪われましてございまする」

「人殺しか。下手人であるの。で、捕まえたのであろうな」

「それが、まだ」

「なにをしておるのだ」

中山出雲守が声を荒らげた。

「担当ではございませぬので」

「なにを申すか。東西の奉行所が力を合わせていたせば、鼠賊《そぞく》などすぐに捕まえられるはずである。我関せずで治安が守れるか」

かかわりはないと小鹿が言ったのを、中山出雲守が叱《しか》った。

「……はい」

小鹿は不承知ながら、上役の言葉を受け入れた。

「気に入らぬようだな」

しっかりと中山出雲守が気付いた。

「言いたいことがあるならば、申せ」

「わたくしは……」

実態を知らない上司というのは多い。

言えというならばと、小鹿が筆頭与力の娘を嫁にもらってからの立身と不義密通をされたことでの離縁、そして左遷について語った。

「……普請方の同心は、町奉行所でもっとも要らぬ者でございまする。その普請方同心が、廻《まわ》り方《かた》に手出しするなど論外、口出しもさせてもらえませぬ」

「そなたの事情は知っておる」

目付《めつけ》からの転任だけに、中山出雲守は抜かりがない。いや、配下を最初から信用しなかった。念入りに調べて、回されてきた者が大坂東町奉行所からの細作《しのび》ではないかを確認している。当然、その過程で小鹿の事情も把握していた。

「だが、それは町奉行所の役目に、大坂の民《たみ》になんらかかわりのないことである」

「…………」

あっさりと切り捨てられた小鹿が息を呑《の》んだ。

「大坂の民が盗賊に襲われたとしてだ。町奉行所が被害を防げなかったのは、このような事情があり、まともに働いていなかったからであると聞いて、ならばしかたないとあきらめてくれるのか」

「……いえ」

中山出雲守に言われて、小鹿は首を横に振るしかなかった。

「お役を果たせなかったことの言いわけに、私《わたくし》の事情を持ち出すな」

「…………」

正論だったが、小鹿はこのような思いをしたこともない癖《くせ》にと納得はしていない。ただ、それを口にすることで、上司を怒らせるとわかっている。また、言ったところでなんの助けにもならないとも身に染《し》みている。

小鹿は黙って、顔を伏せた。

「ふん」

配下の不満を見抜けないようでは、役人として出世はできない。

中山出雲守が鼻を鳴らした。

「それだけ町奉行所はうるさいか」

「どこも己の役儀に手を出されるのは嫌いまするゆえ」

見抜かれた小鹿が開き直った。

「それに、わたくしは筆頭与力どのに憎まれておりますので、誰の助けも得られませぬ」

「御上の役目のために身を挺する気はないのか」

口の端をゆがめた小鹿を中山出雲守が挑発した。

「それでお役御免、召し放ちになれば、お役に立てなくなりまするが」

「むっ」

言い返された中山出雲守が詰まった。

「役目は直参なればこそ果たせまする。浪人になってから、お役目に口を挟むのは御《ご》法度《はっと》でございまする」

「うまい逃げ口上じゃの」

中山出雲守が笑った。

「ところで、山中」

「なんでございましょう」

不意に話を変えようとした中山出雲守に、小鹿が怪訝な顔をした。

「そなた何役に就《つ》きたい」

「はあ」

予想していなかった質問の内容に小鹿が間の抜けた反応を見せた。

「どうした、狐につままれたような顔をして」

中山出雲守が笑いを大きくした。

「仰せになられたことがわかりかねまする」

小鹿が素直に言った。

「余は増し役とはいえ、東町奉行である。当然、配下が要る。それはわかるな」

「それくらいは」

確認した中山出雲守に小鹿が首肯した。

「そして、今の余に配下はそなたたちだけだ。つまり、まだ誰がなにをするかは決まってておらぬ」

「たしかに」

小鹿が納得した。

「そなた前は普請役であったな。その前は唐物方《からものかた》であったか」

「さようでございまする」

「廻り方をしてみたいか」

「……廻り方でございますか」

町奉行所では、江戸であろうが、大坂であろうが、京であろうが、廻り方こそ花形であった。

「やってみたいとは思いまするが……」

小鹿がためらいを見せた。

「増し役では意味がございませぬ」

「であるな」

中山出雲守が首を左右に振った小鹿に苦笑した。

増し役は本役だけで手が足りないときに、それを補うために任じられるものであった。

「要らぬことを」

本役にしてみれば、手が足りないから増やしてくれと頼んだわけでもないのに、やってきて縄張りを荒らされるようなものである。

当たり前ながら、気に入らない。

「なにもできぬか」

「できませぬ。どころか、下手な手出しは逆《さか》ねじを喰《く》らわされまする」

　小鹿が首を横に振った。

「ふむ」

　中山出雲守が腕を組んで思案に入った。

「本役の町奉行所のやることに口を出さねば、問題はないのだの」

「多少の嫌味《いやみ》くらいは言われましょうが」

　気付いたとばかりに手を打った中山出雲守に、小鹿が嘆息した。

　町方というのは、罪人を扱うことから不浄の職とされている。

「不吉なり」

　町奉行所の与力や同心が、婚礼行列の前を遮《さえぎ》ったりすると唾棄《だき》されるのは当然、他にもいろいろな行事への参加が認められなかったりする。

　蔑視される町奉行所の与力、同心はそれらから身を守るために結束して対抗した。

　一人では逆らえないことでも、町奉行所全体で立ち向かえば、どうにかなる。

　町奉行行所の与力、同心は一枚岩であった。

　しかし、結束していればこそ、仲間外れを許さない。

「山中は無礼である」

　小鹿のおこなった妻、東町奉行所筆頭与力の和田山内記介の娘の不義密通への報復が、仲間を守るという結束に反した。

「ゆえあって、離縁をいたしまする」

妻を連れて実家へ行き、そこで話を終わらせる。

「すまなかった」

そうすれば、和田山内記介も頭を下げやすい。

娘も再嫁《さいか》できた。筆頭与力の娘を妻に迎えて、縁を太くしたいと思っている者は多い。とくに与力から同心という格下へ嫁いでいるのだ。再嫁先は同心になることは決まっている。和田山内記介の娘伊那《いな》を娶《めと》ったことで、町奉行所同心としては余得の大きい唐物方に転じた小鹿の前例がある。

「是非《ぜひ》とも」

すぐに伊那は再嫁し、話はこれで終わった。

「密通をするような女はお返しする」

不義密通をされた小鹿は頭に血が上ったために、穏便な手立てではなく伊那の髪の毛を摑《つか》んで同心町から与力町まで引きずっていった。

最初から、伊那が隣家の三男と密通していることは知っていた。それを知ったうえで、婚姻をなした小鹿であったが、一緒になるときに二度と密通相手とは会わないと和田山内記介は約束をしていた。

だが、その約束は守られなかった。

「不義密通を……」

密通だけでも武家では家名に傷が付く。さらに婚姻してからだと不義まで加わり、それこそ娘の実家が爪弾《つまはじ》きにされても文句は言えない。監察を任とする目付など、役目によっては娘の不始末で罷免《ひめん》されることさえあるのだ。

不浄職で大坂町奉行所の役人ということで幕府は気にも留めず、和田山家には傷は付かなかったが内々での評判は悪くなった。

「娘のしつけさえもできぬ父親に、大坂東町奉行所の筆頭与力が務まるのか」

「よくもまあ、これだけの恥をさらしておきながら、身を慎まずにおれるものだ。いやはや、面《つら》の皮だけは他人の数倍厚いと見える」

和田山内記介の評判は地に落ちた。

「すまなかった。後のことは引き受ける」

そう詫《わ》びて小鹿を左遷させなければ、まだ落ちた評判の回復もできただろう。

「普請方を任じる」

筆頭与力には同心の人事が与えられている。恥を搔《か》かされた和田山内記介は、小鹿を厚遇するどころか冷遇した。

「小心者め」

「情けなし。男の度量さえない」

より和田山内記介の評価は下がった。筆頭与力でさえなければ、無事ではすまないほどであったが、町奉行所で奉行よりも力を持つ立場のおかげで今も和田山内記介は東町奉行所に君臨していた。が、いまだ伊那の再嫁先が見つからないのは、小鹿への対応のまずさがきっかけとなって、和田山内記介の力が衰えたと見ている者が多いことを意味している。

「今さら和田山どのに、媚《こ》びてものう。筆頭与力の座から外れてしまえば、ともに落ちることになりかねん」

頼った木が折れれば、その足下に生えている草花は押し潰《つぶ》される。誰も和田山内記介と運命をともにする気はない。

「なんとか……」

もちろん、なかには美貌で知られた伊那を娶りたい者もいる。

ただ、たんに娘の容姿だけで欲する者に与えても、和田山内記介に利はない。

結果、伊那はまだ和田山家にいた。

「嫌味くらい堪《こた》えぬであろう」

中山出雲守が小鹿を見つめた。

「わたくしも人でございますれば」

人並みに傷つくと小鹿が返した。

「傷つくだけならばよかろう。死ぬわけではないのだ。傷はいつか癒《い》える。廻り方同心を命じる」

「…………」

あっさりと告げた中山出雲守に小鹿は啞然《あぜん》とした。

三

廻り方同心は、治安の維持、犯罪人の追捕を役目とするため武力が使えた。

とはいえ、廻り方同心には決まった縄張りがあり、不意にやってきた増し役、ましてや東町奉行所から要らない者扱いされた同心に入りこむ隙間などない。

「なにをしろと……」

小鹿は廻り方同心に任じられてもすることはなく、ただ大坂の町を徘徊《はいかい》するしかなかった。

「傷はいつか癒える……簡単に言うな」

吐き捨てるように小鹿が言った。

「他の男が抱いていた女を、信用して閨《ねや》をともにした夫の間抜けさ、情けなさ。不義密通をしながら貞淑な妻を演じ、騙《だま》されている吾《わし》を心のなかで嗤《わら》っていた伊那。これが癒える傷だと」

小鹿が憤慨《ふんがい》した。

「女なんぞ、不要だ」

歩きながら、小鹿が昏《くら》い目をした。

「おや、山中さまではございませんか」

土佐堀《とさぼり》川の南岸をあてどもなくさまよっていた小鹿と、堺屋太兵衛が出会った。

「……おう、堺屋どの」

小鹿が手をあげた。

「いかがなさいました。お顔の色が優《すぐ》れませんが……」

「気付かれるほどか」

小鹿が顔をなでた。

「今にも川へ飛びこみそうでしたよ」

堺屋太兵衛が気遣《きづか》った。

「そうか」

大きく小鹿が嘆息した。

「なにがございました。お伺いしてよいならば、お話しくださいませ。口から出すだけでも気が紛《まぎ》れると申しまする」

「気が紛れるか。そうだな」

すでに堺屋太兵衛には事情を知られている。

「お奉行さまから廻り方同心に任じられたのだが……」

かいつまんで小鹿が先ほどの中山出雲守との会話を告げた。

「……癒える……か」

堺屋太兵衛も苦い顔をした。

「おぬしにもなにかあるのかの」

小鹿が気にした。

「山中さまだけにお話をしていただいては申しわけありませんな。どうです、まだ日は高いですが、一献《いっこん》」

「付き合おう。拙者も呑みたいところだ」

堺屋太兵衛の誘いに小鹿はうなずいた。

土佐堀川の南側、北浜《きたはま》はそのほとんどが淀屋《よどや》の店と屋敷になる。

西日本から集まってくる米を始めとした物品を荷揚げし、蔵へ収める人足たちが百人以上集まって働いている。

当然、それらの人足を狙った煮売り屋台がいくつも出ていた。

「親爺《おやじ》、酒と肴《さかな》を三品ほど見繕《みつくろ》ってくれ。二人前でな」

その一つに堺屋太兵衛が入って、座る前に注文した。

「へい」

寡黙そうな親爺が注文を受けた。

「しかし、今さらだが、商用の途中であろう。いいのか」

逆さにした酒樽に腰を下ろした小鹿が問うた。

「かまいませんよ。商用には違いありませんが、扱っている物がちょっと変わってましてね。探す手間が要るんですよ」

「手間が要るならより悪かろう」

小鹿が油を売っている暇はないだろうと驚いた。

「いいんですよ。ここも無駄にはなりませんから」

堺屋太兵衛が小さく笑いを浮かべた。

「そうか」

そこまで言われてはしかたない。小鹿は追及を終えた。

「まあ、呑みましょうよ」

堺屋太兵衛が親爺の渡してきた小壺《こつぼ》から酒を注《つ》いだ。

「すまんな」

受けた小鹿がお返しにと、堺屋太兵衛の茶碗に酒を満たした。

「…………」

茶碗酒というのはかなりの量になる。また、新町遊郭《しんまちゆうかく》の揚屋《あげや》のようにまともな酒を出すところはなく、そのほとんどが水増ししていた。なかには水増しどころか、水に酒を少し落としたくらいという酷《ひど》いところもある。

幸い、この店はそこまで酷くはないが、それでも胃に溜《た》まる。一気飲みなぞしたら、すぐにお腹一杯になってしまう。

屋台の安酒でほどよく酔うには、ちびちびと呑むのがこつであった。

「仕事のこともありますがね。その前にわたしの事情を聞いていただきましょうか」

一杯目の茶碗酒を終えたところで、堺屋太兵衛が話を始めた。

「屋号からもおわかりのように、わたしは堺の商人……でございました」

「…………」

無言で小鹿は堺屋太兵衛の話を聞いた。

「堺が一度焼けたことはご存じで」

「知っている。大坂の陣で焼け果てたと」

小鹿がうなずいた。

「なぜ焼けたかは」

「戦《いくさ》の最中であろう、質《たち》の悪い牢人も火事場泥棒もいただろうし、血気に逸《はや》った兵が乱暴取りをしようとしたのではないか」

重ねて訊かれた小鹿が推測した。

「御上に焼かれたのでございますよ」

「なにっ」

堺屋太兵衛の言葉に小鹿が絶句した。

「一応、表向きは豊臣《とよとみ》方の大野《おおの》治胤《はるたね》が二度目の戦の前に、徳川《とくがわ》家の兵糧《ひょうろう》を預かっていた堺を焼き討ちにしたことになっておりますが……」

「……が」

小鹿が息を呑んだ。

「それは御上に誘導されたものでしかございません。堺に襲いかかる二日前、大野治胤は筒井《つつい》様の籠もる大和郡山《やまとこおりやま》城を攻撃、それも夜襲という無茶をして、城を落としました。その後も大野率いる軍勢は奈良《なら》にて徳川軍を警戒、相手が多いということで大坂へ戻る途中で堺へ襲いかかったのでございます」

「みょうな。奈良から大坂へ帰るならば、生駒山《いこまやま》を越えて河内《かわち》からまっすぐ北上したほうが早い」

大坂町奉行所は堺も担当することが多い。もともと堺奉行所があったが、堺の価値が下がったことで廃止になり、大坂町奉行所へ組みこまれた。組みこまれてまだ浅いこともあり、十分な影響力を発揮できていないが、あるていどのことは大坂町奉行所の同心でも知っていた。

「左様でございまする。それに堺は豊臣秀吉《ひでよし》によって堀を埋められたとはいえ、堅固な壁に守られておりました」

堺は織田信長の支配を受けるまで南蛮交易の中心として栄えた。ときは乱世、その財を狙う者はいくらでもいる。それらから身を守るため、深い堀を巡《めぐ》らせ、数ヵ所の跳ね橋だけを通じてなかへ出入りできるようにした。さらに町を豪商の屋敷の堅固な壁で取り囲むようにして、小さな城塞《じようさい》並みの防御を持っていた。

それを織田信長の天下を受け継いだ豊臣秀吉が破壊した。堺の守りの要である堀を埋めさせたのだ。その結果、堺の防御力は落ちた。そのうえ、埋め立てに使った土砂が堀を通じて海に流れこみ、天然の良港であった堺を底の浅い湊に変えてしまった。そのせいで大型の船が着けなくなった堺は、交易港としての価値を失って落魄《らくはく》した。

豊臣秀吉は堺にとって仇敵であった。

とはいえ、大坂の支配者はまだ豊臣家なのだ。堺も豊臣に気を遣い、表立って徳川の兵を受け入れたりはしていなかった。

「つまり、堺は豊臣がわざわざ疲れた兵を遠回りさせ、襲うほどのところではなかったのでございますよ。跳ね橋はなくなっても、出入りできるところは少なく、他は豪商の高い塀がそびえている。疲れ果て、戦いで損害を受けた二千ほどの兵で挑むなど、よほどの馬鹿でなければしません」

「大野治胤がよほどの馬鹿だったのでは」

「そのよほどの馬鹿に筒井家は城を奪われたと」

小鹿の意見を堺屋太兵衛が嗤った。

「……だな」

馬鹿が戦で偶然勝つ。

おおむね、そういった手柄《てがら》を立てた馬鹿は図に乗る。

「徳川、怖《おそ》れるに及ばず。城のついでに、徳川の先鋒を蹴散らしてくれようぞ」

まず勝手に興奮して、戦意を高める。

「徳川の先鋒は数万」

敵がはるかな大勢だと知ったところで、馬鹿は驚かない。

「撤退する前に、豊臣の武を見せつけておく」

さすがに無謀な突撃をすることはないが、少なくとも敵が落とした城とひと当てして勇武を見せてから、悠々と引きあげるくらいのまねはする。

そういった危ないまねをせず、敵が多いと知ったとたんに鮮やかな撤退を見せる大野治胤はそれなりの将ではあった。

「とても徳川さまとの決戦を前に、無駄な損害を出すとは思えませせぬ」

「堺が邪魔だった……」

「おそらく」

小鹿のつぶやきに、堺屋太兵衛が首肯した。

「なぜだ。堺は御上に付いたのだろう」

「信用されていなかった」

「……信用か」

疑問の答えを口にした堺屋太兵衛へ小鹿はため息を吐いた。

「大坂城は、前年の戦いの和睦《わぼく》の条件として総堀《そうぼり》と真田丸《さなだまる》などの出丸や出城を失い、丸裸。こうなれば城に頼っての戦いはできませぬ」

「ああ。だからこそ真田左衛門尉《さえもんのじょう》や毛利豊前守《もうりぶぜんのかみ》らは城を出て、迎え撃った」

大坂の陣のことは、今でも戦語りとして伝えられている。小鹿もあらましは教えられていた。

「幕府が十六万、豊臣は七万余、野戦では結果は見えている」

事実、豊臣家は野戦で粘ったが、一日保っただけで壊滅、大坂城は落城、豊臣秀頼《ひでより》は母淀《よど》の方と自刃して果てた。

「豊臣が勝つ手立てがあったとしたら」

感情のない目で堺屋太兵衛が小鹿を見つめた。

「そんなものがあるはずはない。たとえ、西国《さいごく》の島津《しまづ》や加藤《かとう》が豊臣方として参戦しても、無理だ」

豊臣恩顧で九州の大名は、大坂の陣へ参加していない。裏切りを怖れた徳川によって、領国で足留めをさせられていた。

「本邦以外であれば……」

「なんだとっ」

小鹿が驚愕《きょうがく》の声をあげた。

「声が大きい」

堺屋太兵衛が小鹿を抑えた。

「すまぬ。驚きの余りとはいえ、申しわけない」

小鹿があわてて詫びた。

「豊臣家が、徳川との戦いになるとわかった最初の年、慶長《けいちょう》十九年（一六一四）に堺から人を呂宋《ルソン》に出していたことは」

「知らぬ」

小鹿が首を左右に振った。

「さようでございましょうな。あまりおおっぴらになっておりませんので」

堺屋太兵衛が苦笑した。

「豊臣家は、国内に味方がいないとわかっていたのでしょう。南蛮に加勢を求めた。

その条件が切支丹の布教の許可、そして九州の割譲」

「ぐっ」

またも声をあげそうになった小鹿が、必死で抑えた。

「といったところで南蛮から万をこえる軍勢は望めませぬ。しかし、たとえ千でも二千でもイスパニアの兵が大坂へ来れば、状況はひっくり返りまする」

「切支丹か。天草《あまくさ》の乱が各地で起こる。いや、大坂でも京でもあり得る」

小鹿が気付いた。

「天草の乱でも多くの牢人が一揆に参加いたしました。それよりも二十年以上前のこと、武士のなかにも切支丹だった者、今も密かに信仰している者がいたでしょう。それらが、イスパニアの船に乗ってきた伴天連《バテレン》にそそのかされたら……」

「天下大乱になる。そうなれば徳川も豊臣どころではなくなる」

「はい」

顔色を変えた小鹿に、堺屋太兵衛が首を縦に振った。

「……まさかっ」

「おわかりになられましたか」

より驚きを表明した小鹿に堺屋太兵衛が真顔になった。

「大野治胤は、堺を襲ったのではなく……」

「来るかもしれないイスパニアの軍勢の上陸を助けるために、堺を守ろうとしたのでございます。そして、それを防ぐために徳川が兵を送りこみ、軍勢を揚げることのできないよう湊としての堺を破壊するために、火を放った」

「むうう……なんとも言えぬ」

それから八十年以上も経っている。すでに天下は徳川のもので安定し、豊臣は滅びてしまった。今さらことを掘り返しても意味はない。ましてや、冷遇されているとはいえ小鹿は幕府の御家人《ごけにん》である。とても他人に聞かせられることではなかった。

「それと堺屋はどうかかわるのだ」

ぐっと身をのり出すほど小鹿が興奮した。

「豊臣家の依頼を受けて呂宋まで行ったのが、わたしの祖父でございました」

「……なんと」

小鹿は何度目になるかわからない驚きに啞然となった。

「しかし、ことはなりませんでした。イスパニアは色よい返事をしたようでございますが……そうでなければ大野治胤は堺に来ませぬでしょう。実際はイスパニアは堺に来なかった。風が合わず間に合わなかったのかもしれません。豊臣が滅んだことを琉球《りゅうきゅう》あたりで聞いて、あきらめて戻ったのやもしれませんが。ですが、徳川にとって、堺が裏切ったと見えたのも当然でしょう」

「堺屋の祖父は、見捨てられたのだな」

「そのとおりで」

堺屋太兵衛がなんとも言えない顔で認めた。

「まあ、そんな豊臣家の賭《か》けに乗らなければならないほど、切羽《せっぱ》詰まっていた祖父も悪いのですが……」

「しかし、一人に責任を負わすのは」

「一人ではありませんよ、そのとき堺から放り出されたのは。起死回生の豊臣家に希望を見た者もいました。なにせ、金払いだけはよかったそうですから」

嘆く小鹿に、堺屋太兵衛が首を横に振った。

「おかげで、堺屋はさほど目立たずにすみました。なんとか、大坂でほそぼそとはいえ商いをしていられますする。なにせ堺には、その負い目がありますから」

「引け目を利用するか」

「商人はなんでも使うものですよ。卑怯《ひきょう》も未練も、商いの道具」

堺屋太兵衛が口の端を吊りあげた。

四

酒は一つ目を空け、二つ目の壺に入っていた。

「親爺、酒だあ」

早々と荷揚げの仕事を終えた人足が、屋台で酒を注文して呑み始めた。

「淀屋は、金払いがええわ」

「ほんまや。夜明け前から蔵の前で待っていただけの甲斐《かい》はある」

人足たちは薄い酒で酔う方法を知っている。身体を動かして、まだ暖かい状態で一気に酒を胃の腑《ふ》へ落とすと、壺一つほどでも酔えるのだ。

「明日も仕事があるとええな」

「さっさと飲んでねぐらに戻って、早起きするしかないで」

「そろそろ寒うなってきたからなあ。早起きはきついわ」

人足はまずまともに衣服を身につけていなかった。つけていたところで、荷運びすればすぐにすり切れてぼろになってしまうというのと、衣服を買う金があるならば酒を呑むという欲望に従っているせいである。

「今年は何人いくやろうか」

「去年はずいぶんと死んだなあ」

酒を呑んで、その勢いで夜具《やぐ》もなし、衣服もまとわずにその辺で寝る人足はあっさりと凍死する。

「腹に食いものが入っていれば……」

それでも寝る前にしっかりと喰っていれば、まだ生きて目覚められる。

「女でもええ」

遊女を買えば、一夜の間夜具と人肌で暖まれる。

「そんな金があるかいな。ええとこ、そのへんの饅頭《まんじゆう》やないか。あんなもん、入れて出したら、さっさとどけとばかりに尻を蹴飛ばされるで」

饅頭とは茣蓙《ござ》一枚を抱えて客を取る最下級の遊女のことだ。交渉次第だが、十二文くらいから相手をしてくれるが、新町遊郭のように一夜の寝床とはいかず、一度放つとそこで終わりになった。

「饅頭買うくらいなら、酒のほうがましや。いくら薄めたあるとはいえ、酒は一刻《いつとき》（約二時間）は身体を温めてくれるで」

「違いないわ」

人足たちが声をあげて、笑った。

「おっ、助《すけ》やないか。おまはんもあがりか」

酒を呑んでいた人足の一人が、外を歩いている別の人足に気付いた。

「なんや、竜《たつ》と八《はち》か、相変わらずここで呑んでるんや」

助と呼ばれた人足が近づいてきた。

「親爺、こいつの……」

「ああ、要らんで」

声をかけた竜が親爺に酒の追加を頼もうとするのを、助が断った。

「……調子悪いんか」

驚いた顔で竜が助を見た。

「違うわ。わいは今日は新町や」

「な、なんやてっ」

「冗談《てんご》言いな」

助の発言に竜と八が驚いた。

「ちょっとええ仕事にありつけてな。普段の倍以上もろうたんや、日銭《ひぜに》をな」

「ば、倍……」

「二百文以上か」

自慢げな助に竜と八の目つきが変わった。

「そ、その仕事はどうやって……」

「わいも仲間に入れてんか」

「あかん、あかん。これは……ええと、なんやったかな、そうや、信用とかいうやつがないとあかんねん」

「しんよう……」

「なんやそれ」

竜と八が困惑《こんわく》した。

「淀屋はんの仕事を長いことやっているかどうかや。わいは、もう一年をこえてるし」

助が誇らしげに胸を張った。

「それやったら、わいもや」

「そうや、そうや。淀屋はんの仕事はありがたいよって、皆一度入ったら、大坂から離れるか、死なない限り、ずっとやで」

竜と八が言い返した。

「覚えられてへんからやろ。こっちは一年やというても、淀屋はんから見たら、ようさんいてる人足の一人や。顔も名前も覚えてへんで当然や」

「ほななんで、おまはんは……」

「ちゃんと挨拶してるからや。朝は、おはやいことで、仕事終わりは、今日はお仕事ありがとうさんでとな。そしたら荷揚げを仕切る手代《てだい》の千夜蔵《ちよぞう》はんに声かけられるようになったわ」

あっさりと助が教えた。

「そんなことかあ」

「終わったら金もろうて、そのまま酒やもんなあ」

竜と八が嘆息した。

「なあ、酒を呑む仲やないかあ。なんとか取り持ってくれや」

「頼むわ」

「悪いな。仕事は終わりや。また、話があったときな」

助が二人に手を振った。

「さて、今から出陣や。おっと、その前に身をきれいにせんと」

そのまま助が土佐堀川へと浸かりにいった。

「特別な仕事」

「倍の手間賃」

小鹿と堺屋太兵衛が顔を見合わせた。

「碌《ろく》でもない顔してはりまっせ」

「盗賊のような目つきだぞ」

堺屋太兵衛が小鹿の顔を、小鹿が堺屋太兵衛の顔を指さした。

「すんまへんなあ。今日はここまでに」

堺屋太兵衛が小銭を親爺に渡して、屋台を出ていった。

「商売の種を見つけたか、あるいは刈り取りか」

残っていた酒を小鹿は呷《あお》った。

大坂東町奉行所の同心という家柄で生まれ、育った小鹿は淀屋の特別な仕事というのに引っかかっていた。

「淀屋の特別な仕事……この国一の金満家だ。財は百万両をこえるとも噂されている。それでもまだ足りぬか」

特別な仕事が金儲《かねもう》けに繋《つな》がると小鹿は考えていた。

「商いの内容は、他人に知られてはなるまいに……人足を遣うなど」

人足はその日に安い賃金で雇われるだけの流れ者、とても密事をともにする相手ではない。その人足を限定しているとはいえ、加えている。

「それほど大事なことではないのか」

小鹿は首をかしげた。

「一応、報告をしておくか」

中山出雲守にとって、東町奉行増し役というのは不本意なはずだ。

目付は旗本の俊英とされ、出世街道を歩んでいた。もちろん、なかには目付という役目に固執して、生涯を尽くす者もいるが、ほとんどは目付に選ばれたということを立身の階《きざはし》に足をかけたと考えて登ろうとする。

目付からの出世の道は、ほとんどが遠国《おんごく》奉行に転じることで始まる。

その遠国奉行にも順というか、格式の差があった。

遠国奉行の最上位は長崎《ながさき》奉行である。長崎奉行には余得が多い。一度務めれば、三代裕福に過ごせると言われるほどであった。当然、目付だけでなく、小姓組《こしようぐみ》、書院番《しよいんばん》組《ぐみ》なども長崎奉行を狙っている。定員は三名であったり四名であったりする長崎奉行だが、目付から選ばれる可能性は少ない。

その次が、京都町奉行、そして大坂町奉行であった。

増し役でなければ、中山出雲守は大坂東町奉行となって順調な出世になった。それが増し役では、一段、いや二段落ちる。いわば出世の階段で躓《つまず》きかかっている状況であった。

転げかけている。つまり、まだ転んでいないのだ。挽回の機会はある。増し役でなにもせずに、異動を待っているようでは先はない。ぎゃくに本役でない増し役で、それなりの手柄を立てることができれば、効果は大きい。

中山出雲守がそれを狙っていないとは思えなかった。

「なにもしていないと叱られるよりましだ」

小鹿が息を吐きながら、踵《きびす》を返した。

増し役に役屋敷は与えられない。東町奉行所に間借りをしている形になる。出入りをするときに、古巣の連中と出会うこともあった。

「鹿之助《しかのすけ》やないか」

町奉行所へ入ろうとする小鹿と相対するように、出てきかけた同心が声をかけた。

「右真《うま》か。何度も言うてるやろう。その呼び方は止めいと」

思い切り嫌そうな顔で小鹿が東町奉行所同心竹田《たけだ》右真を睨《にら》んだ。

「艱難辛苦《かんなんしんく》を吾に与えたまえ、だったなあ」

そんな小鹿を無視して、竹田右真が続けた。

「いやあ、なかなか親御どのはよくわかっておられたの。その歳でもう二度も艱難辛苦を味わっておる。左遷に出向と一代で経験することはそうそうないぞ」

「おのれは……」

小鹿が顔色を赤くした。

「次は長年《ちょうねん》は許さずだなあ」

竹田右真が嘲《あざけ》った。

「……覚悟はできておるな」

すっと小鹿が水のように流れたかに見えた。

「ぎゃっ」

いつの間にか小鹿が竹田右真の右手首をぎゃくに極《き》めた。

「取り消せとは言わぬ。何度も申したからな」

「よ、よせ。そんなことをしたら、終わりだぞ。年末を待たずに」

竹田右真が痛みに脂汗を流しながら、小鹿を説得しようとした。

長年とは越年とも言われるもので、町奉行所の同心が毎年末に筆頭与力から来年もそのままの身分でいていいとの許しを得る行事であった。

町奉行所の同心は、江戸も大坂も京も世襲されている。なれどこれは慣習に過ぎなかった。行政、刑法という独特の法度や慣例に通じていなければならない町奉行所の同心を一代ごとに新たに雇い直していては、一から教育しなければならなくなる。それを嫌がった幕府が、町奉行所同心たちの世襲を暗黙のうちに認めただけなのだ。ただ、決まりは決まりでおろそかにすると、後で影響が出てくる。そこで人事を握る筆頭与力に同心たちを査定させ、来年もその任に就けていいかどうかの判断をさせるようになった。これが長年であった。言うまでもなく、今までこの儀式で歳老いたことで隠居を勧められた者はいても、実際に拒まれた者はいなかった。

「七ヵ月ほど早くなるだけだ。それにこれは喧嘩《けんか》だぞ。おまえの悪口雑言《あっこうぞうごん》は門番が聞いている。よかったな、拙者と一緒に放逐《ほうちく》だ」

「……喧嘩両成敗」

竹田右真が蒼白になった。

徳川幕府はその成立当初、大名同士、大名と旗本が起こす暴力沙汰に手を焼いていた。

「某《なにがし》が先に手を」

「先祖の悪口を言われて黙ってはおれませぬ」

当事者を呼び出してどちらが悪いか、どのていどの罪にするかをやっていては、政《まつりごと》が滞《とどこお》る。

「理由は聞かぬ。どちらが先だというのもかかわりなし。喧嘩はすべて両成敗とする」

苦り切った幕府は、もめ事を起こした連中をまとめて始末する方針に変えた。

つまり、小鹿と竹田右真は軽くても放逐になった。

「さあ、今までのぶんを払ってもらう」

小鹿が竹田右真の関節に力を加えた。

「や、止めて……」

「拙者の制止には従わず、己だけ求めるとは、釣り合わぬだろう」

「ひいっ」

冷たい声で本気だと告げた小鹿に、竹田右真が悲鳴をあげた。

「山中」

門番からの報《しら》せを受けたのか、東町奉行所のなかから歳嵩《としかさ》の同心が駆けつけてきた。

「七山《しちやま》どのか」

「勘弁してやってくれんか」

「お、伯父《おじ》はん」

先達《せんだつ》の同心が頭を下げて、竹田右真に代わって詫びた。

「できぬと言えば」

普段と違う固い言葉で小鹿が訊いた。

「二度とさせん」

「こいつが守るか、約束を」

「ぎゃあああ」

少しだけ力を加えられて、竹田右真がわめいた。

「黙れ、これ以上恥を晒《さら》すな、右真」

七山が竹田右真を叱った。

「町奉行所の門前で同心が悲鳴をあげるなど」

「…………」

怒られた竹田右真が黙った。

「頼む、山中」

もう一度七山が詫びた。

「甥《おい》でしたな」

小鹿が嘆息した。

「こやつを産んですぐに亡くなったのが、妹や。母親なしは哀れじゃと甘やかしすぎたわ」

七山が苦笑を浮かべた。

「…………」

無言で小鹿が七山を見た。

「今までの詫びは、後日かならず届ける。今後は二度と山中に迷惑をかけさせへん」

詫び金を払うとまで七山は言った。

「次があったら」

信用できないと小鹿が、肩を押さえている竹田右真へ目をやった。

「隠居させる。竹田の家は、吾の弟に継がせる」

「な、なにをっ」

勝手に決めた七山に、竹田右真が抗議の声をあげようとした。

「黙れと申したぞ、右真。おまえにこのまま同心を続けさせたら、竹田家を潰すことになりかねんわ」

七山が厳しく言った。

「まちがいないな」

「七山の家にかけて」

念を押した小鹿に、真剣な表情で七山が首肯した。

「……ならば」

小鹿が竹田右真の手を放した。

「おまえっ」

転がるようにして間合いを取った竹田右真が、小鹿へ憎しみの瞳を向けた。

「やめんか」

七山が竹田右真を抑えた。

「では、七山どの。これにて」

竹田右真を相手にせず、小鹿が門のなかへと入っていった。

「伯父はん……」

「ちょっと、こっちへ来い」

憤《いきどお》る竹田右真の手を引いて、七山が東町奉行所の門前から離れた。

「阿呆《あほ》なまねをいつまでしてんねん。とっくに嫁が来ておかしくない歳になりながら、まだ縁談一つもないのは、おまえが危ういからやねんぞ」

他人目《ひとめ》をはばかったところで、七山が説教を再開した。

「危うい……」

「いくら伊那どのに惚《ほ》れているとはいえ、山中に対する態度はあかんすぎる。あのままでは、山中と抱合《だきあわ》せで竹田も潰れる。そんな阿呆のもとに娘なんぞやれるかと、どこへ縁談を持ちこんでも断られてんねん」

「……………」

真実を報された竹田右真が唖然となった。

「気付かへんかったか、やっぱりな。東町も西町も同心の家ではどうやって次男以降を養子に出すか、娘を嫁にもらってもらうかで苦心してる」

与力、同心には定員がある。家督を継げない次男以下、女はどこかの家へ押しつけなければ、生涯実家の厄介者《やっかいもの》になる。

「そんななかでおまはんだけに縁談がないのが、不思議やと思わんかったんか」

七山があきれた。

「山中への態度が……」

「悪すぎるわ。陰でならまだしも、どこでも顔を合わすたびにやってるやろう。とっくに同心町には知れ渡っている。いや、同心町だけやない、与力町、さらには商人などの間でも噂になってる」

「伊那どのならば……」

不義密通の女と評判の悪い同心、釣り合うのではないかと竹田右真が言いかけた。

「阿呆というのも嫌やな。伊那どのはたしかにもう嫁に行ける状況ではない。だがな、あの筆頭与力はんが、おまはんみたいな役立たずに娘をくれるわけなかろうが」

「まともなところに嫁に行けへんかて、家にいるよりましやろう」

まだ竹田右真が食いさがった。

「これは噂や。本来は聞かす気はなかったけどなあ。このままでは、より馬鹿をしそうやから教えたる」

「なんや」

「伊那はんには、今、とある大店《おおだな》の若旦那の妾《めかけ》になるという話がある」

「大店……商人やないか」

竹田右真が絶句した。

「金じゃ。いつまでも和田山さまも筆頭与力ではおられへん。隠居、あるいは免じられたら収入が減るやろうが」

筆頭与力には権力だけでなく、いろいろな便宜《べんぎ》を求めて金も集まる。与力の誰もがいつかはと狙うのはそのためであった。

「大店に娘を出す。噂が知られているから、正妻はさすがに無理やけど、妾やったらどうにでもなる。なんせ、あの美貌やさかいな」

「そんな……」

竹田右真が七山の話に愕然《がくぜん》とした。

「売値をちょっとでもあげるために、和田山さまは気を張ってはる。そこに噂を再燃させるようなまねをしてみろ、どうなる」

「…………」

七山の言いたいことを竹田右真が理解した。

「わかったなら、二度と山中にちょっかい出すなよ」

竹田右真に釘《くぎ》を刺して、七山が去っていった。

「……そんな。あの高貴な容貌の伊那さまが商人ごときの妾に」

妾は奉公人扱いになる。商人の妾となったら武家の出とは言えなくなる。

「商人に無理矢理身体を開かされる……」

竹田右真が妄想し始めた。

「……それはあかん。なんとしてでもお助けせねば」

伯父の警告は甥には届かなかった。

第二章　金蔵の底

一

老中首座《ろうじゆうしゆざ》土屋相模守政直《つちやさがみのかみまさなお》は、幕府の財政に頭を抱えていた。

「各地の貯蓄は」

「もう、ございませぬ」

問われた勘定奉行《かんじようぶぎよう》戸川日向守安廣《とがわひゆうがのかみやすひろ》が震えあがった。

「……ないか」

土屋相模守が天を仰いだ。

「改鋳《かいちゆう》でかなりの金が入ったのだろう。近江守《おうみのかみ》が自慢げに語っていたぞ」

「それについては……」

戸川日向守が口ごもった。

小判、銀貨の改鋳を勘定奉行の一人である荻原《おぎわら》近江守重秀《しげひで》が、手早く幕府の金蔵を満たすために上申した。

「許す」

すぐにでも金が欲しかった五代将軍徳川綱吉《つなよし》は、荻原近江守の献策を受け入れた。

幕府が所蔵していた小判、銀板はおろか、触《ふれ》を出して全国の小判、慶長銀を強制的に差し出させ、改鋳したものと交換させた。

慶長小判が八割以上金であるのに対し、元禄《げんろく》小判は六割に満たない。それを一両は一両でと交換させたのだ。

当然、反発はあった。

「元禄小判十四枚で十両」

商人は利害にさとい。

あっさりと元禄小判の価値は落ちた。

「御上は今の小判を一両として扱えと」

「なら、買わないでいい」

損をしてまで商いをするはずはない。

金の動きが悪くなると同時に、物価は上昇する。

物価の上昇が続けば、ものを買えない者が出てくる。

「賃金をあげてくれ」

その日暮らしの者たちが雇い主に要求しても、

「ものの値段が高すぎる。こっちもかつかつなんだ」

答えは拒否に決まっている。

たちまち江戸の城下は、落ちこんだ。

しかし、その影響は幕府に直接は出ないはずだった。

幕府の収入は、そのほとんどを年貢《ねんぐ》として納められる米に頼っている。

いわば、米がすべての基準であった。そして米一石は一両とほぼ決まっている。

だが、米に頼っていた武家を小判の下落は直撃した。

「金が足りぬ。なぜだ。米の出来は例年通りであったはずじゃぞ」

いつものようにものを買おうとした旗本たちが、手が届かないことに気付いた。

「小判の価値が落ちたせいである」

武芸だけで世渡りできるほど、太平の世は甘くなかった。

原因に思いいたらない旗本が多いなか、少しでも算術のできる者は悟《さと》った。他にも出入りの商人からそれとなく報された旗本が理解した。

言うまでもなく、幕府もその影響を受けた。

金蔵の財は増えたが、収入が減った。

「だが、それをわかっておられぬ」

土屋相模守が首を左右に振った。

「公方《くぼう》さまにお話し申しあげたのだが、金蔵に小判がある現状では無意味である」

金がないと諫言《かんげん》しても、金蔵には尽きかけていた小判が積まれている。

「今はいい。だが、このままでは数年保たずして、ふたたび金蔵が空になる」

「はい」

戸川日向守が土屋相模守の嘆きに同意した。

「大坂、駿府《すんぷ》、甲府《こうふ》の金蔵は、万一のおりの備えだろう」

土屋相模守があきれた。

「それぞれ百万両はあったはずだぞ」

「先年、すべて江戸へ運びましてございまする」

問うた土屋相模守に戸川日向守が答えた。

「改鋳のためか」

「はい」

戸川日向守が顔を伏せた。

「近江守の指図だな」

「…………」

確認した土屋相模守に戸川日向守が無言で肯定した。

「なぜ止めなかった」

「公方さまのお許しがあったとあれば」

咎《とが》めるような土屋相模守に戸川日向守が言いわけした。

「むう」

綱吉の許可が出てしまっては、老中でも逆らえない。

金を用意してみせた荻原近江守は綱吉からの信頼が厚い。

老中首座の土屋相模守といえども、掣肘《せいちゅう》を加えることは難しかった。

「金はまちがいなく、もとへ戻るのだろうな」

「…………」

戸川日向守が黙った。

「まだなのだな」

土屋相模守が嘆息した。

「わかっておるのか、大坂、駿府、甲州の城は西から攻めてくる外様《とざま》大名どもを阻止するためにある。城の金はそのとき遣うための備えである。金なしで籠城《ろうじょう》ができるわけなかろうが」

土屋相模守が憤慨《ふんがい》した。

「……………」

戸川日向守がうつむいた。

「そなたでは話にならん。近江守をここへ来させよ」

頭にきた土屋相模守が荻原近江守を呼びつけた。

「お召しだと」

忙しい老中を半刻（約一時間）以上待たして、荻原近江守が御用部屋の前の廊下に来た。

御用部屋は老中と筆記役の右筆《ゆうひつ》、雑用をこなす御用部屋坊主以外の出入りは禁じられている。今をときめく勘定奉行荻原近江守といえども、直接襖《ふすま》を開けることはできなかった。

「お待ちを」

御用部屋坊主が急いで対応した。

城中の雑用を一手に引き受けるお城坊主の頂点である御用部屋坊主である。幕府の力関係をよくわかっていた。

「来たか。待たせおって」

土屋相模守が腹立たしげな顔をしながらも、腰をあげた。

老中首座土屋相模守とはいえ、将軍の寵臣《ちょうしん》と敵対するわけにはいかなかった。

「御上の財政を支えようと努力いたしておりましたが、某《なにがし》さまの……」

荻原近江守から将軍綱吉に直接言われれば、いかに土屋相模守といえども無事にすまない。

「……付いて参れ」

御用部屋を出た土屋相模守が挨拶もさせずに荻原近江守を誘い、近くの空き座敷へと入った。

「近江守、大坂城、駿府城、甲府城の金蔵はどうするつもりじゃ」

「どうするつもりじゃとは」

土屋相模守の問いに荻原近江守がわざとらしく首をかしげた。

「金を江戸へ運んだそうではないか」

「日向守か」

言われた荻原近江守がつぶやいた。

「金蔵を空にしたままの間に、西国から敵が攻めてきたらどうする」

「今どきの大名に、江戸まで攻めあがるだけの金はございませぬ」

土屋相模守の懸念《けねん》を荻原近江守は一蹴した。

「諸大名の内情などわかるまいが」

「わかっておりまする」

堂々と荻原近江守が言い切った。

「なっ……」

思わず土屋相模守が詰まった。

「城代《じょうだい》を置く城に金を備えるのは、二代将軍秀忠《ひでただ》さまがお定めになられたことである。それをそなたは知っておるのか」

「承知いたしておりまする。城の金を取りあげたならば、いかようなお咎めを受けてもよろしゅうございまするが、これは一時のこと」

「その一時のことに問題があると申しておるのだ」

淡々と言う荻原近江守に土屋相模守が怒声を浴びせた。

「御上の威信を守るためでございまする」

「……御上の威信だと」

荻原近江守の答えに土屋相模守が驚愕した。

「金蔵を空にすることが、御上の威信にどう繋がると申すか」

土屋相模守が険しい声で訊いた。

「ご改鋳は御上の命《めい》でございまする」

「それとどうかかわるのだ」

「御上は天下に通用しておりまする慶長小判などの古金銀を新しい貨幣と交換するようにとのお触れを出しておりまする。しかし、現状は芳《かんば》しくございませぬ。下々の者どもは御上が造幣いたしました新しい貨幣を厭《いと》い、古きものを隠匿《いんとく》しておりまする。それは咎めればよいことではございまするが、津々浦々の民の家までは手が回りませぬ」

「であろうな」

正論である。土屋相模守も認めた。

「では、どうすれば下々の者が御上の指図に従うか。そのために大坂を始めとした金蔵の金を江戸へ運ばせましてございまする」

「まず御上が範を示すと」

「さようでございまする。上がみずからおこなわずして、下々を従わせることはできませぬ」

確かめるように言った土屋相模守に荻原近江守が首肯した。

「それで江戸か」

土屋相模守が納得した。

元禄小判の改鋳が決まるまで、金座《きんざ》は江戸だけでなく佐渡《さど》や京、駿府、甲府などにもあった。

「不正をおこなうやもしれませぬ」

それを荻原近江守は廃止させ、江戸に一本化させた。慶長小判から元禄小判への改鋳は品位に差がありすぎ、それだけにかかわる者には利があった。

そのためかつて金座のあった甲府や駿府などはもちろん、東海道の果てと遠い大坂の金も江戸へ集められたのであった。

「で、御用は」

背を丸めて顔を見ないようにしながら、荻原近江守が土屋相模守を促した。

「金蔵に金を返せ」

「承知いたしておりまする。改鋳いたす手間がかかっておりまするが、終わり次第百万両を戻しますほどに」

命じた土屋相模守に荻原近江守が頭《こうべ》を垂れた。

「……急げよ」

それ以上土屋相模守に言うことはできなかった。

「なにぶん金額が多いので、いささか手間取っておりまするが」

土屋相模守の詰問を荻原近江守は逃れた。

荻原近江守を置いて御用部屋へ戻った土屋相模守の機嫌は悪かった。

「いかがなされた、相模守どの」

老中の秋元但馬守喬知《あきもとたじまのかみたかとも》が声をかけてきた。

「金、金と誰も彼も……いつから旗本は商人に墜ちたのだ」

屛風で仕切られた自席に座りながら、土屋相模守がぼやいた。

「いたしかたございますまい。天下は定まったのでございまする。かつてのように、欲しいのなら奪えばいいという時代ではござらぬ。欲しいものがあれば、購う。それこそ泰平の証《あかし》」

「貴殿の言いたいことはわかる。だが、なぜ天下人たる御上が金の苦労をせねばならぬ。天下人なれば、最大の金持ちでなければなるまいが」

「…………」

秋元但馬守が沈黙した。

「入る以上に遣っているからだ」

返事を待たずに土屋相模守が口にした。

「相模守どの」

遣っているのは、母親と怪僧隆光《りゅうこう》に勧められて、寺院を造り続けている綱吉である。それを無駄遣いなどと言うのは、将軍批判になる。

秋元但馬守があわてて止めた。

「わかっている」

土屋相模守が手をあげて、秋元但馬守を制した。

「公方さまのなさることは問題ない。いや、神社仏閣を建てられることは無駄ではないぞ。大工、左官、人足どもに仕事を与えておられる。おかげで食いはぐれる者が少なく、ご城下の治安はよい」

江戸は普請が多い。綱吉の命じるものだけではなく、天下の城下町で一旗揚げようと集まってくる者が多く、住居や職場が不足しているのを補うための普請が毎日のようにどこかであった。

つまり、裸一貫で江戸へ出てきても、食うには困らなかった。

もちろん、いい仕事ばかりではない。男には無頼《ぶらい》の仲間ができやすく、女には遊女という罠がある。

いかに仕事は多くあっても、闇を好む者はいた。

「ではなにが」

秋元但馬守が尋ねた。

「公方さまの御用である普請で金を儲《もう》けている者がおることだ」

「商人でございますな」

土屋相模守の言葉に秋元但馬守が同意した。

「うむ。御上の御用を承るという名誉を得ておきながら、金儲けをするなど身のほどを知れ」

「しかし、商人もただで働いてはやっていけませぬぞ」

「それはわかる。金儲けをするなとは言わぬ。だが、吉原《よしわら》などという悪所で遊ぶほどの金を手に入れようなど」

「それはたしかでございますな」

秋元但馬守が同意した。

「御上から金をかすめ取るような汚《けが》れた者どもには、思い知らさねばなるまい」

土屋相模守が怒りのぶつける先を見つけた。

「難しゅうございますぞ。御用普請で使用する御用材のほとんどを握っている紀伊国《きのくに》屋《や》などの豪商は、近江守と繋がっておりますぞ」

うかつな手出しは、反発を呼ぶと秋元但馬守が危惧《きぐ》を示した。

「……近江守め」

土屋相模守が頬をゆがめた。

荻原近江守と手を組み、紀州の木材を江戸へ運ぶ運送を手広くしたことで紀伊国屋文左衛門《ぶんざえもん》は御用普請の引き受け手として、大躍進をした。吉原で小粒金を遣った節分《せつぶん》の豆まきをおこなう豪勢な遊びをするなど、江戸で評判の豪商となっていた。

「あくまでも噂でございますが、近江守の屋敷の蔵には千両箱が積みあげられているとか」

「百五十俵、しかも切米の身分でしかなかったのだぞ、あやつは」

代々の勘定筋でもないのに勘定方になった荻原近江守はもとは、百五十俵という最下級に近い出であった。役に就くなり頭角を現し、九年で勘定組頭《くみがしら》、四年で勘定吟味《ぎんみ》役《やく》、わずか三年で佐渡奉行に抜擢《ばってき》された。そこで金山の採掘量を増やした功績を認められ、六年後の元禄九年（一六九六）に勘定奉行へと栄進、家禄も二千五百石と増えていた。

「今は二千五百石でございまするが、それでも金蔵に千両箱が積めるほどではありませぬな。我ら老中でも蔵のなかに千両箱など数個もあるかどうか」

秋元但馬守も疑念を口にした。

「公方さまのお覚えもめでたいうえに、金もある。いずれ我らの高みにまでのぼってくるやもしれぬ」

「まさか……いえ、あり得まするな」

いくらなんでも旗本が大名職である老中になれるはずはないと、否定しかけた秋元但馬守が首を左右に振った。

「美濃守《みののかみ》どののことがある」

「そう、柳沢《やなぎさわ》美濃守どののじゃ。もとは五百三十石の小旗本であったのが、今や川越《かわごえ》城主で八万二千石」

「公方さまは人をお引きあげになるのがお好み」

「ただし、ご寵愛の者に限りまするが」

土屋相模守の吐息に秋元但馬守が苦笑した。

「されど、このままでよいわけではない。これを見逃すようでは執政とは言えぬ」

「ではどのように」

同意を口にせず、秋元但馬守が土屋相模守に尋ねた。

「まずは、近江守の手が届かぬ大坂からじゃ」

土屋相模守が鋭い目つきをした。

二

小鹿は竹田右真のことを頭の隅に追いやって、淀屋のことを報告するために中山出雲守の前に出た。

「門前で騒ぎを起こすな」

「お耳に届き、申しわけございませぬ」

いきなり叱った中山出雲守に小鹿が詫びた。

「相手にするな、小物など」

「心に留め置きまする」

竹田右真のことを羽虫扱いした中山出雲守に、小鹿はそう応じるしかなかった。

「で、まだ退勤の頃合いでもないうちに、なぜ戻ってきたのだ」

本題に入れと促した。

「北浜の川沿いを……」

経緯を小鹿が報告した。

「特別な荷運び……だと」

すっと中山出雲守の気配が変わった。

「のようでございまする」

「しばし待て……」

うなずいた小鹿に中山出雲守が手を前に出して制した。

「……淀屋にしてはみょうじゃ」

「はい」

小鹿が首を縦に振った。

「ほう、わかっているとはの」

中山出雲守がわずかに目を大きくした。

「なにがみょうだと思っておる」

「それは……」

「申せ」

訊かれた小鹿が戸惑ったのを、中山出雲守はしっかりと注意した。

「淀屋ほどの大店が、わずかな隠れた商いをする意味などないでしょうに、なぜ他人目を気にしてまで儲けを求めるのかと」

「たしかにそれはそうだな」

中山出雲守が認めた。

「だが、金を持っている者ほど意地汚いとも言う」

「まさに」

上方で生まれ育った小鹿も納得した。

「運びこんだと言っていたの」

「そのように人足の男が申しておりました」

確認した中山出雲守に小鹿が答えた。

「その荷はどのようなものであったか。形は、重さは、梱包《こんぽう》は、個数は」

「そこまでは」

たたみこむような中山出雲守の質問に、小鹿はわからないとうなだれた。

「……そうか」

間を空けた中山出雲守が嘆息した。

「申しわけございませぬ」

あきらかな失望を見せた中山出雲守に小鹿が肩を落とした。

「その特別な荷運びをしたという人足の顔は覚えているな」

「覚えておりまする」

気になってから、じっと人足の顔や姿を見て、覚えたのだ。人混みで行き交おうが、後ろからであろうが見つける自信はある。

「ならばよい。早速に探し出して、荷のことを訊いてこい」

「町奉行所へ連行しなくとも」

「それだと淀屋に気付かれるやもしれぬ」

小鹿が捕まえて引き立ててこなくていいのかと尋ねたのに対し、中山出雲守は不要だと手を振った。

「あのような者どもは、いつどこへ流れていくかわかりませぬ。後でもう一度と思ったときには、どこにいるかわからぬことにもなりかねませぬ」

小鹿が懸念を表した。

「かまわぬ。どうせ、そのような軽《かろ》き者の証言など役には立たぬ。御上も淀屋と人足ならば、淀屋に信を置くだろう」

中山出雲守が正式な証人にはならないと人足のことを断じた。

「とにかく、箱の中身を知らねばならぬ。すべてはそこからである」

強く言った中山出雲守が、小鹿を見た。

「いささか詰めが甘すぎるが、聞き逃さずにいたことは褒《ほ》めてくれる」

「畏《おそ》れ多いことでございまする」

同心が町奉行から直接賞賛を受けることなどまずない。

小鹿が頰を染めながら手を突いた。

「行け」

「ただちに」

別段なにをもらったわけではないが、褒め言葉一つで小鹿は勇んだ。

「遣えぬわけではないといったところか」

中山出雲守が小鹿を評価した。

「お奉行さま」

襖越しに声がかかった。

「素野瀬か。開けてよいぞ」

中山出雲守が許可した。

「ご無礼いたしまする」

襖を開いて、素野瀬が座敷に入ってきた。

素野瀬は和田山内記介に嫌われて、増し役付きへと出向させられた与力二人のなかの一人であった。

「どうした」

ただちに中山出雲守が用件を訊いた。

「お願いがございまする」

「申してみよ」

素野瀬へ中山出雲守が許した。

「では……増し役とて町奉行所には筆頭与力がおりませねば、据わりが悪うございまする」

「たかが増し役だぞ」

「それでは、いつまで経っても増し役は軽んじられまする。本役の東町奉行所はもとより、西町奉行所との話し合いに筆頭与力がいなければ発言さえできませぬ」

「ふむ。それほど筆頭与力の力は大きいのか」

「はい。まさに筆頭与力こそ町奉行所でございまする」

素野瀬が首肯した。

「で、余にどうせよと」

「なにとぞ、わたくしを筆頭与力にご任じくださいますよう」

中山出雲守の問いに素野瀬が願った。

「……そちを」

「畏れながら、わたくしは東町奉行所で与力として二十年以上経験を積んで参りました。町奉行所のことなれば、隅々まで存じておりまする」

素野瀬が己を売りこんだ。

「……人事は考えなければならぬか」

中山出雲守が思案に入った。

「そうよな。本日夕刻七つ（午後四時ごろ）、与力、同心を集めよ。その場で人事を発表しよう」

全員の前で任命すると中山出雲守が告げた。

「ははっ」

ここでの決定は得られなかったが、流れからいって己以外に筆頭与力はないと確信したのか、素野瀬が素直に頭を垂れた。


小鹿は町奉行所から出て、西へと足を向けた。

新町遊郭は、京の島原《しまばら》、江戸の吉原と並んで三大遊郭と称されており、大坂で唯一公認となっている御免色里《ごめんいろざと》であった。

遊郭七町、揚屋一町、町屋一町、合わせて九町からなる大きな遊郭であった。

「人足ならば、揚屋は使うまいが……」

揚屋とは新町遊郭を発祥とする遊びかたであった。

新町が揚屋町を生み出す前までは、どこの遊郭も見世《みせ》が直接客を受け入れていた。それこそ、太夫《たゆう》から線香一本が燃え尽きる間股を開くだけの最下級の遊女端《はした》まで、一様に見世座敷で客を取った。

「あたりの騒ぎで、興が削《そ》がれる」

「他人目のあるところで、ゆっくり楽しめぬ」

金や身分のある客から不満が出ていた。

さすがに太夫や天神《てんじん》、囲《かこい》といった名だたる遊女は、個別の部屋で客の相手をするが、それ以下となれば、大座敷に夜具だけ並べてことをなす。

ならば、別段、金を出せばすむではないかというが、太夫や天神の部屋へ行くまでの途中で、その座敷を通らなければならない。

当然、他人の尻を見なければならぬし、己の顔も見られるのだ。

「これやっ」

小さな遊郭の主だった吉田屋《よしだや》が考えついたのが、揚げ座敷というやりかたであった。

「某太夫を」

「摂津屋《せつつ》から深山《みやま》を呼べ」

揚屋に訪れた客は、座敷で遊女を指名して呼んだ。

そこで客は飲み食いをし、遊ぶ。その代金はすべて揚屋が負担し、節季ごとに客へと請求される。

つまり揚屋は貸座敷であった。

こうすることで客は他人の目を、懐の金を気にせずに遊べた。

「これはええ」

たちまち大坂商人が喰いついた。

大坂は豊臣家を滅ぼすために徳川がおこなった戦で焼け野原になっていた。もちろん、無事なところもあるが、それでもかつての面影などまったくない。

「豊臣の大坂をこえてこそ……」

幕府は西国大名たちを見張るとともに、万一に備えて大坂での足留めを考え、城の再築を急がせた。

城を造るには、かなりの物資を使う。

物資だけではなかった。人足、飯、住居がなければ普請は進まない。いかに日当の銭を多くしようとも、それが遣えなければ無意味である。

いうまでもなく、それを見逃すようでは、商人とは言えなかった。

焼き出され、すべての財を失った商人こそ、復興を利用して復権を企んだ。

「なにとぞ、今度の普請をお任せいただきたく」

「先日はありがとうございました」

商人たちが、大坂復興を担当している役人の接待に利用し始めた。

揚屋は個室である。他人目だけでなく、盗み聞きも難しい。これに商人が目を付け、接待に使用したことで、揚屋は一気に人気となった。

ただ、これでは揚屋はやっていけなかった。儲けがあってこそ、初めて商いはなりたつ。

揚屋はその格式で金額は違うが、かなりの費用を要した。

となると、揚屋で一晩遊べる金で、見世で端を相手にするなら十日は保つ。

「揚屋は無視していいか」

小鹿は新町に入ってまっすぐに遊女見世の並ぶ通りへと進んだ。

「おや、こんな刻限からお珍しいことで」

すぐに小鹿に気付いた見世の若い衆が、近寄ってきた。

「お役目でな」

「新町へ、お役目で。それはまた……」

若い衆が小鹿の態度に笑った。

「景気は……聞くまでもなさそうだな」

「おかげさまで」

「淀屋の若さまはどうだい。一回、総揚げの日に来ちまってな。すごすごと膝を抱えて帰る羽目になってな」

くだけた口調で小鹿が肩をすくめた。

「ああ、その日にお出でとは、ご運のない」

若い衆が慰めてくれた。

「淀屋さんでしたら、ここのところ連日のお運びですわ」

「浜風《はまかぜ》太夫かい」

「ですわ」

確かめるように言った小鹿に若い衆が首肯した。

浜風太夫は今の新町を代表する太夫である。京の島原から大坂新町へ来た稀代の名《めい》妓《ぎ》初代夕霧《ゆうぎり》太夫に劣らないと人気が高い。

「浜風太夫の揚げ代はいくらだっけな」

小鹿が訊いた。

「七十匁で」

「おう、小判一枚では足りねえかあ」

若い衆の答えに小鹿が驚いた。

金座を持たない大坂では、小判よりも銀板などの量貨が用いられていた。

「それだけじゃすみやせんよ」

「知ってるさ。あまり揚屋を使う贅沢《ぜいたく》はできねえが、まったく揚がったことがないわけじゃねえからなあ」

　太夫と名の付く遊女は揚屋に呼ばなければならない決まりであった。

　もちろん、太夫が一人でやってくることはなかった。先導の遊女見習、夜具持ち、たばこ盆持ち、衣装の裾持ちなどの男衆《おとこし》、太夫の身の回りの世話をする女子衆《おなごし》など合わせて六人から八人を引き連れてくる。それらへの日当は不要だが、心付けを出さなければならない。さらに揚屋での飲食の代金もかかる。

　最後にこれらの代金の一割から二割が、揚屋の取りぶんとして上乗せされる。

　浜風太夫を一晩、呼ぶには少なくとも十両はかかった。

　大坂町奉行所の同心の年収は、おおよそ二十両ほどである。浜風太夫を呼ぶだけで、年収の半分が飛んだ。

「ここ連日だろう」

「ありがたいことですわ」

　感心した小鹿に若い衆が応じた。

「一年でおよそ、三千両かあ。そんだけ遣うんやったら、浜風太夫を身請けしたほうがましやろうに」

「返事に困りますがな」

若い衆は新町の遊郭に所属している。一括千両の収入より、年間三千両の売りあげを望むのは当たり前であった。

「そうやったな」

小鹿が苦笑した。

「ところで、その淀屋の人足がどこに揚がっているか知らんか」

前置きを終えた小鹿が尋ねた。

「淀屋はんの看板を背負った人足……新堀町《しんぼりちょう》が今日は賑《にぎ》やかですよって、そっちで訊かれてはいかがで」

「そうしよう」

若い衆の勧めに小鹿がうなずいた。

三

大坂城代土岐《とき》伊《い》予守頼殷《よのかみよりたか》は、不自然な赴任である増し役中山出雲守に不審を抱いていた。

「余を見張るためではないか」

土岐伊予守は今の執政に不満を持っていた。

「長すぎる」

大坂城代になってすでに八年をこえた。前任者の松平因幡守信興《まつだいらいなばのかみのぶおき》は三年、前々任者の内藤大和守重頼《ないとうやまとのかみしげより》は二年、そのもう一つ前の土屋相模守政直に至っては一年で京都所《しょ》司代《しだい》へと転じていた。

もちろん、青山《あおやま》因幡守宗俊《むねとし》のように十六年という記録もあるが、それでも近年大坂城代を長く務める者は減少していた。

「なんとしても執政に」

土岐伊予守には宿願があった。

もともと土岐伊予守は家督を継げる身ではなかった。長子には違いなかったが、庶《しょ》子《し》だったのだ。弟で正室との間に生まれた嫡男が病弱であったため、廃嫡されたことで家督が回ってきた。

「若殿さまはご病弱ではあらせられるが、我ら家臣がお支えすれば十分に殿としてのお務めを果たされる」

弟付きだった家臣たちが反発したのは当然、

「親戚より、よきお方をお迎えすべきである」

うまくやれば藩の実権を握れると考える者、

「なぜあのような卑《いや》しき者に仕えねばならぬ」

生母の出自をあげつらう連中と、土岐家はお家騒動を起こしかけた。

「吾《わ》が血を引く息子である」

父であり、先代藩主でもある土岐山城守頼行《よりゆき》が、なんとか家中を抑えてくれたおかげで、表沙汰にならずにすんだが、火種は残っている。

「老中となれば、誰も余を軽くは見まい」

土岐伊予守は悲願達成を目前にしながら、足踏みをさせられている。そこへ目付だった中山出雲守が、増し役という曖昧な形で大坂へ赴任してきた。

「御上の査察……」

土岐伊予守が疑ったのも無理はなかった。

「殿」

苛立《いらだ》つ土岐伊予守の前に用人が現れた。

「どうだ」

「出雲守さまのお屋敷の用意ができましてございまする」

訊かれた用人が答えた。

「十分なのだろうな」

「はい。門番足軽四名、使者番二名、近習《きんじゅ》役四名、女中六名のうち、門番二人、近習役二人、女中四名が手の者でございまする」

「使者番は……」

「あいにく」

詰問するような主に、用人がうつむいた。

幕府の遠国役は、大坂城代、京都所司代を除いて、単身赴任が決まりであった。さらに付随できる人数にも役目によって制限があった。大坂町奉行増し役の場合は、臨時役であったので本役より遠慮して、少なくするのが慣例であった。

とはいえ、赴任地での生活がある。いくら人手がないとはいえ、食事すべてを外ですませることはできなかった。

「親爺、一杯頼む」

こう言って暖簾をくぐれるのは、町方与力、同心くらいのものである。昨今は風紀が乱れ、同心など目見え以下で格の低い者も屋台に首を突っこむようになっていたが、厳密にいえば、徒目付《かちめつけ》から咎めを受ける行為であった。

当然、風紀を取り締まる側の町奉行職が、外食など論外であった。

いうまでもなく、料理人も連れてきているが、正室を伴っていないのに女中を供に加えることは外聞にかかわった。

「妾連れでの赴任とは……」

陰口を確実にたたかれる。

それもあり、人手は赴任先で購うのが習慣であった。

もともと江戸屋敷でも、下働きの女中や小者《こもの》は、領地から連れてくることはまずなかった。江戸で口入れ屋から、一季、半季で雇い入れるか、知り合いの商家、百姓などの娘を嫁入り教育のために預かるのが当たり前であった。

「任されよ」

赴任の挨拶に来た中山出雲守に、土岐伊予守が手配を買って出た。これも増し役なればこそであった。

東、西の本役町奉行は、役宅があり、そこへ入る。しかし、増し役のぶんまでは用意されていない。こういった場合は、大坂城代が管轄している空き屋敷の一つを融通することになっていた。

つまり、土岐伊予守の手配は、要らぬ節介ではなく、立派な役目であった。

「女中は厳選したのだろうな」

「もちろんでございまする。出入りの者どもに命じ、見目麗《みめうるわ》しい者ばかりを用意させましてございまする」

念を押した土岐伊予守に用人が胸を張った。

「ならばよい。妻や側室のおらぬ遠国じゃ。もと目付とはいえ、石仏ではない。つい手が伸びることもあろう。そうなれば、出雲守も吾が手中に入ったも同然である」

「はい」

自慢げに言った土岐伊予守に用人が首肯した。

単身赴任だからといって、遠国奉行が遊郭へ通うことはできない。

「風紀の乱れを正せ」

かつて幕府は、大名旗本の吉原通いを問題視して、触《ふれ》を出したからであった。

そもそも武士は血の気が多い。敵を討つだけでなく、その首を掻《か》き切るのだ。貧血気味でできるはずもなかった。

血塗《ちぬ》られる。武家は血を見て、興奮する。

その武家が戦を失った。

つまり、血の気が行き先をなくしたことになる。

となると、その血の気をどうにかしなければならない。当然のように、江戸では喧喋や刃傷《にんじょう》沙汰が増えた。

旗本奴《やっこ》が生み出され、伊達《だて》者と呼ばれる異風の者たちが江戸の町を闊歩《かっぽ》し、なにかあれば暴れた。

そして、その旗本奴たちもだが、他の武士も女に有り余った精力をぶつけた。

「その女は儂《わし》が買った」

「早い者勝ちじゃ」

「身請けする話を進めておる」

「金を払ってから言え」

ここでも争いが起こった。

死人や怪我人が出るだけではなく、他にも吉原に居続けて、軍役を無視する者が出てきた。

「これではいかん」

暴力沙汰には、力業で対処できる。旗本奴だ、伊達者だと威張《いば》ったところで、町奉行所や大番組《おおばんぐみ》が出てくれれば、数で押さえつけられる。あとは家を潰すか、腹を切らせればすむ。

問題は女であった。

女のことは、いわば下になる。なにより、男が女を求めるのは自然の摂理であった。そこに幕府が口や手を出す。それは武士が子供同然で、しつけなければならないと世間に報せることにもなる。

だからといって、務めを果たさない者を黙認し続けるのも、施政者としてはよくないことである。一つの甘さは、いつかすべてを侵す。

「吉原を城から遠ざけろ」

最初、幕府は吉原を江戸城下の果てへと移転させることで、解決をはかろうとした。通うのに手間がかかるようにして、門限までに屋敷へ戻るのを難しくしようとした。なにせ門限破りは重罪である。謹慎、閉門から改易まで命じられる。

「この地は、神君家康《いえやす》さまから賜《たまわ》ったもの」

直接徳川家康と会い、遊所の開業を認められたという事実は、老中でも否定できない。なにより家康の名前が出たら、話はそこで終わる。

「武士の本分を忘れるべからず」

結果、旗本奴は禁止できたが、遊女通いは制するだけに止まらざるを得なかった。

しかし、幕府は甘くはなかった。

「遊びにうつつを抜かし、領地の治に不足あり」

こういった理由で大名、旗本を咎めた。

「知ったことか」

無役の者、知行所《ちぎょうしょ》ではなく扶持米《ふちまい》をもらっている者は気にしなかったが、役人としての出世を考える者は、遊所へ足を踏み入れないようになった。

この保身が、大坂でも生きていた。

だからといって、いつまで続くのかわからないのが遠国勤務である。禁欲にも限界がある。しかし遊郭には出入りできない、江戸から気に入った女を呼ぶことも難しい。となれば、内々にすませることになる。

屋敷に勤める女中に手を出す遠国勤務の者は多かった。

「出雲守をこれへ」

屋敷の用意ができたと伝える。そう土岐伊予守が言った。

淀屋の主は四代目重當《じゅうとう》であったが、ここ数年取引にも姿を見せず、その多くを大番頭の牧田《まきた》仁右衛門《じんえもん》や五代目になる三郎兵衛《さぶろうべえ》辰五郎《たつごろう》に預けていた。

「ちとやりすぎたわ」

もちろん、老いや病気ではなく、あまりに淀屋の繁栄が問題視されるようになったため、身を退《ひ》いたように見せることで批判を少しでも減らそうとしたのであった。

もともと淀屋は材木屋であった。

その初代常安《じょうあん》が、豊臣秀吉の伏見《ふしみ》築城に加わったことで中央との伝手《つて》ができた。その後、関ヶ原の合戦の後始末などを請負い、死者の埋葬、遺品の取り扱いで大きな利を得た。

その後を継いだ二代目、三代目も優秀で、加賀《かが》藩の廻米《かいまい》を引き受けたことから、米市場に進出、大坂に集まる二百万石とも三百万石ともいわれる西国の米の売り買いを差配した。

米は現物取引しか幕府の認可が出なかったため、中之島の三角州に市場を設け、船での荷揚げ荷出しをおこなえるようにした。このとき、北浜にある淀屋屋敷から、中之島に渡る橋を自前で架けている。

その後、米の現物を遣り取りするのではなく、預かり手形、売り証文を利用したものへと変更、その便利さに西国大名のすべてが淀屋に出入りを許すようになったと言われている。

手形、証文は軽便であるが、作成のたびに手数料がかかる。淀屋はそれを一手に引き受けることで、大名との繋がりを作りあげた。

「融通をしてくれぬか」

米には出来不出来がある。やがて、西国の大名たちのなかから、淀屋に金の融通を求める者が出始めた。

「形《かた》に来年の米を預ける」

百両、二百両ならば家重代の家宝を差し出せばいいが、千両どころか一万両となるとそうはいかなかった。

「神君家康公より賜った刀じゃ」

などと言われても、それは大名にとっての付加価値であり、商人にとってはさほど影響を及ぼすほどではない。

なにせ表沙汰にできないのだ。

「御拝領の太刀を……」

ばれれば、大名は無事ではすまない。

「神君さまからの……」

それを預かった商人も来歴を口にすることはできなかった。

「畏れ多いまねをいたすな」

幕府が黙っていない。

そうなれば、家康公御拝領の太刀といえども、その銘の値段しか付かない。正宗《まさむね》は正宗、長船《おさふね》は長船の値段になる。

「お引き受けできかねまする」

拝領物を借財の形にはできないのだ。

となると、来年の米を差し出すしかない。

今差し出せる物があるならば、それを売って借財を避ける。それがないから、来年の年貢米を形にする。

「たしかにお預かりいたしました」

商人も喜んで引き受ける。なにせ、まちがいなく来年には返ってくるとわかっている。

「淀屋、頼む」

西国の大名にしてみれば、米の手形を扱わせている淀屋から借財するぶんには面倒がない。

「承りましてございまする」

淀屋もしっかり利を儲けられる。

諸大名の内証が厳しくなるに連れて、借財を申しこむ大名は増えた。

「来年の年貢を……」

「すでに形としてお預かりいたしておりますが……」

なかには一年でどうしようもなくなる大名も出た。

「ならば、再来年の年貢を……」

どんどん、借財の返済は延びた。

当たり前のことだが、貸せば貸すほど淀屋は儲かる。おしなべてではないが、おおよそ利息は年に二割以上取る。

あっという間に淀屋の蔵は金で満ちた。

「仁右衛門」

「へい」

淀屋重當に声をかけられた大番頭牧田仁右衛門が応じた。

「蔵の金はどれだけある」

「五十億ほどございまする」

「……多いね」

「はい」

感心した淀屋重當に牧田仁右衛門も同意した。

「蔵にあるだけでか」

淀屋重當が嘆息した。

金を貸すことで儲けている淀屋である。現金を蔵に積んでいても増えはしない。その財のほとんどは新たな金を生み出すために、諸大名へ貸しつけられ、買いこんだ地代も把握できないほどある。

「で、それはどの小判だい」

「慶長小判で」

「面倒だね」

牧田仁右衛門の言葉に、淀屋重當が嘆息した。

四

大坂城代は上方から西国を支配する。その権威は強く、西方将軍と呼ばれるほどであった。

「商人ごときに話をするなど……」

矜持《きょうじ》の強い大坂城代は、町触《まちぶれ》にかかわるのを嫌った。

「町奉行にさせよ」

大坂城代土岐伊予守は、幕府から出された慶長小判と元禄小判の交換を町奉行にさせた。

「城の金蔵も開けたのだ。民草どもも従うべきである」

土岐伊予守が東西町奉行に、慶長小判の回収を命じた。

「承知仕《つかまつ》りましてございまする」

東西の両奉行は土岐伊予守の指図に応じたが、

「慶長小判を持っておらぬか」

大坂の町を一軒、一軒、確かめて回ることはできない。

「慶長小判を城中に設けられた臨時の換金所へ差し出すように」

高麗橋《こうらいばし》の高札場に掲示をし、大坂の町人代表十二人組を呼び出して御上の指示に従うように告げるのが精一杯であった。

新たな作業は増えても、人員の追加はないのだ。とてもそこまで手が回らなかった。

それでも、大坂城代から釘を刺されている。

「なんとか頼めぬか」

結果、商家と付き合いのある与力、同心を通じて、協力を求めるしかなかった。

「某さまにそう言われてはいたしかたございませんな」

あからさまに品位の落ちた小判への交換は損でしかないが、幕府の意向に逆らうのもよくはない。なにより、町方役人の機嫌を損なうのはまずかった。

「では、これだけを」

多くの上方商人は、持っている小判の半分ていどを交換に出した。

「あいにく、現金が出払っておりまして」

そんななか、淀屋は一万両しか出さなかった。

その身代《しんだい》天下第一と噂される淀屋が、一万両というわけはない。しかし、

「少なすぎよう」

町方与力が、もう少し出してくれと求めたところで、

「お大名がたにお貸ししておりまして、手元には……」

淀屋重當に首を横に振られては、そこまでであった。

「どこにいくら貸している」

「蔵のなかを検《あらた》めさせよ」

問い詰めたら、それこそ大変なことになりかねなかった。

「御老中の……」

「御三家さまの」

淀屋の出入り先は多岐にわたる。

それこそ大坂城代でも吹き飛ぶくらいの大物が出てきかねなかった。

「か、金が返ってきたら頼むぞ」

与力はそういうのが精一杯だった。

もちろん、金は提出されなかった。

金は返ってきている。ただし、帳簿の上だけである。

「確認してくれ」

荷車に金を積んで、大名の勘定奉行あるいは、用人、家老がやってくる。

「一万両確かにございました。利息は」

「そのなかから引いてくれ」

「では、二千両利息として引かせていただきますが、そうなりまするると元金が不足になりまするが」

「一万二千両、貸してくれるように。そこから二千両は利息として返す」

首をかしげた淀屋の者に、藩士が要求する。

結果、一万両の元金と利息は帳簿上では返金される形になり、大名は新たな借財を一万二千両に増やしていく。

もちろん、そのぶんの年貢手形は預かっている。

淀屋は一年で二千両儲け、さらに一万二千両を貸しつけたが、現金は一切手元に戻ってきてはいない。

金がなければ、幕府へ提出して交換してもらうことはない。

これを繰り返すことで、淀屋は最初に出した一万両の損害だけで、改鋳を逃れていた。

言うまでもなく、大坂城代、大坂町奉行も、そのからくりくらいはわかっている。

ただ、わかっていても手出しができない。

「あからさまな証がない」

大坂町奉行所は淀屋への手出しを極端に嫌がる。

「いつもかたじけのうございまする」

節季ごとに淀屋は、町奉行所へかなりの金額を出している。一つ間違えば、賄《まいない》になるが、もらう方が取り締まらない。

町奉行所の与力、同心はもとより、小者などは、不浄職ということで薄禄であり、こういった心付けがなければ、まともな生活は送れない。

「しっかりと見回るんだぜ」

「お任せを」

広い縄張りをわずかな人数で把握できるはずもなく、町奉行所の与力、同心は御用聞きという名前の私的な小者を使っている。その給金や手当も幕府は出してくれない。

幕府、いや上役が求めるのは、己を出世させてくれる手柄だけ。その手柄を得るためにかかった費用や、苦労はどうでもいい。

「いつもすまぬの」

商人からもらえる心付けで、身分以上の贅沢をしているのが町奉行所の役人である。とくに淀屋がくれる金は大きい。

「嘘を申すな」

「御上に従え」

それだけに淀屋を責め立てれば、

「淀屋さんほど気遣っていても、そのていどでございますか」

「無駄金でございますな」

商人は金が命、なにより金をどぶに捨てるようなまねを嫌う。

もし淀屋に手を出せば、次の節季から心付けが激減する。

「なにをしておる」

町奉行もそれはわかっている。強硬に淀屋をつるし上げるようなまねを命じれば、部下たちからそっぽを向かれる羽目になる。

「盗賊に……逃げられましてございまする」

「川の土手が崩れまして」

廻り方同心が、わざと後手後手に回る。

「このようなことが」

それが重なると、すぐに同役の町奉行が江戸へ報告する。

「あやつを赴任させてから、大坂の状況は悪化しているようだ」

「辞めさせるべきだな」

こうして淀屋に手出しをしようとした町奉行は、出世の道から外され、代わってもう一人が昇っていく。

「なんとかせよ」

大坂城代も事情はわかっている。だが、江戸から突《つっ》かれては無視もできない。

形だけせっついて、それで終わらせる。

「御用立ていたしかねまする」

大坂城代にとって、淀屋は貴重な金主なのだ。

西国を差配する都合上、大坂城代は上方と呼ばれる摂津、河内、山城《やましろ》、大和あたりに領地を与えられる。一万石か二万石を上方での経費として加増されるのが慣例であった。

「米を金に」

当然、飛び地となる上方近くの領地からあがる年貢は、淀屋に換金を頼むことになる。

大坂城代も淀屋には頭が上がらなかった。

「手回しのよいことだ」

屋敷と奉公人の手配を受けた中山出雲守が口の端をゆがめた。

「殿、いかがなさいまするか」

江戸から着いてきた用人が中山出雲守に問うた。

「全部、紐《ひも》付きであろう」

「おそらくは」

確認した中山出雲守に用人が首肯した。

「入れ替えましょうや」

「警戒していると教えることになる。こちらが気を付けていればすむことだ」

「お部屋の方は……」

執務室がない増し役は基本屋敷で執務する。

今は屋敷さえなかったため、東町奉行所の一室を借りているが、いつまでもはまずかった。間借りだから肩身が狭いというのもあるが、密談ができないのだ。

「なにをしておる」

襖越しに立ち聞きしているのを咎めたところで、

「通っているだけでござる」

そう言われれば、そこまでであった。

「余が留守の間はそなたが部屋に詰めておれ」

「それはよいのでございますが……」

用人が言葉を濁した。

「女のことか」

「……畏れながら」

苦笑いをした主に、用人が頭を垂れた。

「一年や二年、困らぬわ」

中山出雲守が手を振った。

「さて、そろそろ配下どもが来るころだな」

「では、出迎えを」

「任せる」

立ちあがりかけた用人に、中山出雲守がうなずいた。

東町奉行所から屋敷へ引っ越したことは、すぐに知れる。

ただ、武家は屋敷に表札を掲げない。同じ造りの組屋敷が並んでいるところでは、間違いやすかった。

違うところを訪れて迷惑をかけるわけにはいかない。

用人が門前に出るのは、周囲への気遣いであった。

「お奉行さまのお召しに応じて参りました」

東町奉行所から増し役へと出向させられた与力、同心が参集した。

「ご苦労であった」

中山出雲守が一同を見渡した。

「山中の姿がないの」

「東町奉行所にはおりませんでしたので」

小鹿がいないことを問うた中山出雲守に、素野瀬が答えた。

「探したのか」

「いえ。町方同心は一度出ると戻るまで、どこにおるかわかりませぬ」

素野瀬が首を左右に振った。

「ほう。では、緊急で招集をかけるときはどうするのだ」

中山出雲守が怪訝な顔をした。

「町奉行所の物見櫓《ものみやぐら》で触れ太鼓を鳴らすことになっておりまする」

「触れ太鼓……なるほど。増し役にはできぬな」

中山出雲守が嘆息した。

「まあよかろう。山中にはのちほど話をしよう」

「お手数をおかけいたしまする」

代表して素野瀬が頭を下げた。

「では、話をしようぞ」

中山出雲守が仕切り直した。

「さきほど素野瀬から、筆頭与力をどうするかという提案をしてまいった」

「素野瀬、お主《ぬし》……」

阿藤が素野瀬を睨んだ。

「なんだ、同心」

素野瀬が阿藤を嘲笑《ちょうしょう》した。

「……」

阿藤が黙った。

もともと阿藤は与力であった。それが三男伊三次《いさじ》の失態で、与力から同心へと格下げされて、さらに増し役配下へと左遷された。

「そなたにはかかわりがないことだ」

素野瀬が下がっていろと釘を刺した。

「……くっ」

阿藤が歯がみをした。

「お騒がせいたしまして申しわけございませぬ」

素野瀬が中山出雲守に詫びた。

「よい」

中山出雲守が手を振った。

「では、筆頭与力についてだが……」

一拍、中山出雲守が空けた。

「……置かぬ」

「なんと……」

中山出雲守の決断に素野瀬が目を剝《む》いた。

「お、お待ちくださいませ。わたくしが先だってお話を申しましたように、本役の筆頭与力たちとの遣り取りに支障が……」

素野瀬が腰を浮かせた。

「出たところで困るのか」

「えっ」

中山出雲守の言葉に、素野瀬が絶句した。

「東町と西町が月替わりですべてをしているのだぞ。増し役なんぞに連絡が来るわけなどなかろうが。違うか」

「……うっ」

素野瀬が詰まった。

「増し役とはなんだ」

「…………」

「増し役はなんのためにある」

「…………」

中山出雲守の問いに誰も答えられなかった。

「おまえたちはなんのためにいる」

「…………」

「答えられまい。おまえたちもわかっているのだ。増し役は無意味だと」

「…………」

淡々と言う中山出雲守に皆がうつむいた。

「なにもできぬなら、なにもするな」

中山出雲守が冷たく断じた。

第三章　まがいもの

一

　堺屋太兵衛も淀屋から特別な仕事を請け負った人足を探していた。

「あの人足は、看板を背負っていたな」

　看板とは半被《はっぴ》のことである。

　河岸から蔵まで荷物を運ぶ日雇いの人足は、そのほとんどが褌《ふんどし》一つであった。半被を身につけておけば、荷物を担いだとき、その角やくくってある荒縄で傷つくことはない。だが、もともとその日暮らしで、入った金を酒と女に費やすような男たちが半被を持ち続けるはずもなかった。つまり、持っている半被は、仕事先からの貸し出しだといえた。そこから、半被のことを看板と呼ぶようになった。

「新町に遊びに行くと言うてた」

堺屋太兵衛がうなった。

「遊んでいるときに邪魔されると機嫌悪なるわなあ」

人足の日当では、その日生きていくのがせいぜいで、そうそう遊女を買うことはできなかった。

「ちいと話を聞かせてくれ」

そこへ割りこめば、

「いいところだったのに……」

「もう一回だと、線香を追加したところだぞ」

当然機嫌は悪くなる。

男はその身体の構造から、あまり長く精力を放たないと不満が昂進する。

「このやろう」

いきなり殴りかかられるときもある。

もっとも、そこらの人足にやられるような堺屋太兵衛ではない。

「落ち着かんかい」

堺屋太兵衛があっさりと制圧する。

「あっちいけ」

「今度顔を見たら、ただではすまさへんぞ」

だが、素直に話をしてくれることはなかった。

それどころか、二度と口を利《き》いてくれなくなる。

「飯屋か酒屋なら、ええんやけどなあ」

酒が入れば、人はおおらかになる。言い換えれば口が軽くなる。

「ここのお代はわたくしが……」

奢《おご》ると言えば、もっと話がしやすくなる。

「悪いなあ」

多少金を持っていても、奢られるとうれしい。

「看板の模様は岡《おか》の文字崩し……」

淀屋の初代常安は、山城国岡本《おかもと》で地侍をやっていた。三好《みよし》家に属して織田信長と戦い敗北、その所領を失った。

その後商人となった淀屋常安は、出自の地を忘れないため、姓を岡本とした。淀屋の専属人足に貸し与えられる半被には、岡の文字を崩した商標が入れられていた。

「淀屋に近く、飲み食いのできるところ……」

堺屋太兵衛が川沿いを下った。

川沿いには、それぞれの縄張りを主張するように、間を空けて屋台が並んでいた。

復興のために大勢の人が集まってきた大坂も、その普請が終わり、落ち着いてきている。

人足や大工などの男手は減った仕事を求めて大坂を離れ、代わって商人が寄ってきた。

商人は儲けのために生きている。銭を儲けるためなら、遠慮なく金を遣うが、贅沢のためには舌も出さない。

商人たちは、女中を雇い、店で煮炊《にた》きをさせて生活をしていた。そのほうが、屋台や食い物屋で食事をするより、はるかに安い。

そのためか、復興なった大坂城下では飲み食いのできる店がはやらなかった。

「いねえな」

川沿いを進んだ堺屋太兵衛の思惑《おもわく》は外れた。

「……代わり映《ば》えしねえか」

堺屋太兵衛が苦笑した。

人足を相手にしている屋台である。料金に差がないどころか、出てくるものもほとんど同じであった。酒はいずれも水増ししすぎた安酒というのもおこがましいもの、料理も塩か醤油《しょうゆ》で煮染《にし》めた菜っ葉か、よくて小魚を煮たもの、味の上下なんぞどこにもなかった。

そんな屋台しか北浜沿いにはない。とても小金が入ったからといって、贅沢をする場ではなかった。

「このあたりで、腰を据えてまともな酒を飲めるところとなれば、新町の橋付近しかねえなあ」

堺屋太兵衛が嘆息した。

結局、堺屋太兵衛も新町へと向かった。

助は新町遊郭の西屋《にしや》で端《はした》を一日買い切っていた。

「いつも同じ妓《おんな》では、飽きるな」

端はほとんどその場その場で客を取らされる。

「いつもの妓を頼む」

来るたびに同じ遊女をという客もいるが、

「若いのがええ」

「乳の大きいのを」

毎回、妓を替える客もいる。

助はそうめったに遊女を買える余裕がないためか、同じ妓を求めることには頓着《とんちゃく》しなかった。

「一匁、先払いだよ」

西屋のやり手婆《ばばあ》が手を出した。

「ほれ、二匁だ。あまりは取っときい。独り占めすんなよ。妓に半分は分けるんやで」

助は鷹揚《おうよう》に倍額を出した。

「えらい、すんまへん」

一瞬でやり手婆の態度が変わった。

「お任せを。妓にはきっちり言い聞かせておきますよって」

やり手婆がもみ手をして、助の機嫌を取った。

ほとんどの遊女屋で、端には部屋が与えられなかった。土間から一段上がった板の間を一畳ほどで仕切って、その一つに客と妓を放りこむ。板の間には粗末な寝茣蓙が一枚敷かれているだけで、冬でも掛け物はない。

「膝が痛いわ」

「寒うて、縮んでまうやないか」

客から文句が出れば、

「追加の銭を出してもらえば、もうちょっと分厚い茣蓙が」


「五十文で掛け布を貸しますけど」

やり手婆が手のひらを上にする。

ようするに、金がものを言う。

上方の者は無駄金を遣わなかった。心付けなど、よほどのことがなければ払わない。ことに入るまでに心付けをもらうことはまずなかった。

「おおきに。おおきに」

揚げ代の半分も心付けとしてもらった端が、飛びつかんばかりにして助に抱きついた。

「おうおう。ええ匂いやあ」

溜まっていた助が妓を抱いて、寝茣蓙に押し倒した。

滅多に妓と遊ぶことのできない貧しい男たちにとって、一日妓を買い切るなど年に一度あるかないかの貴重な日である。

「怒るわなあ」

小鹿もそのことがよくわかっている。

「出てくるまで待つのかあ」

小さく小鹿がため息を吐いた。

一日買い切りというのは、明日の昼近くまで妓と戯れていいという意味であって、途中で出ていってはいけないという制限はない。

「ううう、満足したあ。帰るわ」

一度で精根尽き果て、帰宅する者もいる。

「もう一日、頑張るでぇ」

一夜で満足できず、延長する者もいた。

「待ちぼうけは間抜けやなあ」

黒の紋付きに着流しと一目で町奉行所の者とわかる姿で、新町でじっと他人《ひと》待ちをしているのは目立つ。

「なんぞあったんか」

「捕り物やないか」

物見高いのは江戸も大坂も変わらない。

「かというて、その辺の見世に揚がって遊ぶわけにもいかへんし」

妓の上で腰を振っている最中に、助が出ていってしまえば失態になる。

「どうするかやなあ」

小鹿が首をひねった。

「……山中さまやおまへんか。また、お目にかかりましたなあ」

「えっ」

背後から声をかけられた小鹿が、振り向いた。

「堺屋どのやないか。二度目やなあ」

小鹿も驚いた。

「まだ、日は残ってまっせ。ちいと女郎買いには早うおますがな」

「そういう堺屋どのも商いはいいのか」

二人が言葉を交わした。

「商いに繋がることですわ」

先に堺屋太兵衛が言った。

「あの人足か」

「山中さまも……」

小鹿の発言に堺屋太兵衛が苦笑した。

「少し、話をしても」

堺屋太兵衛が小鹿を誘った。

「互いの事情をすりあわせようか」

小鹿も了承した。

とはいえ、そのあたりの屋台や酒を出す店へ入るわけにはいかなかった。いかに外へ気を遣っていても、なかからでは確実な見張りは難しい。

「橋のたもとで」

「ああ」

新町からの出入りでもっとも人通りの多い東門へ二人は移動した。

「まずはこちらの話を……」

少し門から目立たないところで、遊びの相談をする連れのような体《てい》を取りながら、小鹿が口火を切った。

「……お奉行さまのお指図でございますか」

堺屋太兵衛が頬《ほお》をゆがめた。

「先にお話をしてもらっては、黙ってるわけにはいきまへんなあ」

小さく堺屋太兵衛が嘆息した。

「こっちも淀屋の特別な荷というのに引っかかりましてん」

堺屋太兵衛が告げた。

「そっちの仕事というのは……」

「唐物の行方探しですわ」

「……唐物か。そいつは大変だの」

聞いた小鹿が息を呑んだ。

小鹿は一時唐物方同心をしていた。唐物とはその名のとおり、異国から交易で持ちこまれたもののことをいう。

鎖国になった今、唐物はそのほとんどが長崎を通じて入ってくる。他にも朝鮮《ちようせん》や琉球から宗《そう》家や島津家を経てもくるが、その数は少ない。

そういったところから大坂へ運ばれた唐物は、すべて唐物方の検めを受ける。これは抜け荷を防ぐためにおこなわれるもので、どうやって本邦へやってきたのかの来歴を厳しく詮議《せんぎ》される。

もちろん、魚心あれば水心で、来歴書などが揃っていれば、あまりうるさくはしない。

「よしなに」

「うむ」

商人から心付けを受け取る代わりに、唐物方は詳しく検めないのが慣例になっている。

しかし、あからさまな場合は、さすがに金では動かない。抜け荷は重罪である。もし、知っていて見逃したとなれば、首が飛ぶ。

「淀屋が馬鹿をするとは思えぬが……」

大店は危ない橋を渡らなくても儲けられる。

抜け荷などに手を出すのは、ほとんどが左前になっている商人である。

「……抜け荷じゃございやせんよ」

「それは……」

堺屋太兵衛の言葉に小鹿が困惑した。

「国禁になる前に入ってきたものは、抜け荷にはあたりやせん」

「たしかにな」

鎖国というかイギリス、ポルトガルの寄港を禁止、長崎での交易は阿蘭陀《オランダ》と清《しん》に限るとしたのは、天草の乱以降のことである。それまでに持ちこまれた茶器や絵画、絨《じゅう》毯《たん》などは抜け荷ではなく、正式な商いとして認められている。

とはいえ、どれが期限前で、どれが禁止以降かの判断は難しい。しっかりとした来歴書が残っているとか、箱書きが確実なものであれば問題はないが、大坂の陣などでその辺があやふやになっていることは多い。

「ややこしいな」

抜け荷か、そうでないかは幕府でも判断が付きにくい。

「どうであるか」

茶道具なれば、幕府出入りの唐物屋や、茶道の千家などに確認できる。

「これは宋のころのものかと。おそらく堺の会合衆天王寺屋宗及《えごうしゆうてんのうじやそうぎゆう》どのの茶会日記に出てきたと覚えおりまする」

当時の茶会の記録はかなり詳しく残っている。

「見たこともございませぬ」

それを読みこんでいる者が首をかしげれば、まず抜け荷のものとしてまちがいはない。

「これは……」

しかし、絵画などになると、専門に扱う者がまずおらず、確定はほとんど不可能になる。

「どのような大きさで、重さだったかを知るだけでも手がかりになりますよって」

「すべてを知っている……」

小鹿が驚愕した。

「さすがにすべては無理でっせ」

堺屋太兵衛が苦い笑いを浮かべた。

「ただ堺に残されていた日記の類いは、読みあさりました」

「すさまじいな」

「暇でしたので」

あっさりと堺屋太兵衛が応じた。

「堺屋の知る唐物が、淀屋にあると」

「わかりまへんけど、他に取っかかりがおまへんよって。まさに藁《わら》にもすがる思いというやつですわ」

確かめるように言った小鹿に堺屋太兵衛がため息を吐いた。

「なるほどな」

小鹿が納得した。

「これはばらばらに動くより、二人でやったほうがいいな」

「でございますなあ」

二人が顔を見合わせた。

二

無頼というのは、顔を大事にする。

「顔を立ててくれねえか」

「男の面目がある」

なにせ働かずに金をせびり、無銭飲食を繰り返すことで生きているのだ。

「てめえごとき」

「やれるものならやってみいや」

舐《な》められれば、二度と美味《うま》い汁は吸えなくなる。

だからこそ、無頼は暴力を使うことをためらわない。一瞬でも早く攻撃を仕掛けることが己の身を守るとわかっているからだ。

その無頼がおとなしくしているのが、新町であった。

「この見世を守ってやるからよ。ただでやらせろ」

「あの妓はおいらが囲う。他の客に売るな」

その辺の岡場所のつもりで無理難題をふっかけたならば、

「…………」

「くずが」

見世に属している男衆に手痛い目に遭わされる。

遊郭のなかにいる男は、妓、すなわち女のおかげで生きている。もし、女になにかあれば、明日から喰えなくなる。

「死にたくない」

女を守らずに逃げ出せば、新町には当然いられなくなる。

「某は、女を見捨てて……」

さらに回状が全国の遊郭に届けられる。

「犬以下め」

「恩を返せない野郎なんぞ……」

どこかに足を踏み入れれば雇い入れてもらえないどころか、命を奪われる。それだけ遊郭にとって女は大切なのだ。

「おい、津田屋《つだや》に無頼が脅しをかけているらしい」

「許されんなあ」

普段は客の取り合いをする他の見世も、援軍として出てくる。しかも新町は幕府公認の遊郭であり、なかであったことはなかで処分することが暗黙の了解ながら許されている。

六尺棒《ろくしゃくぼう》に刺股《さすまた》なぞも用意している。無頼が腰に差している長脇差《ながわきざし》くらいでは、勝負にならなかった。

「やっちまえ」

五人や十人の無頼なんぞ、たちまちに袋だたきに遭う。

言うまでもなく、無頼の被害は町奉行所の範疇《はんちゅう》ではない。正確に言えば、無頼も民なので理不尽な扱いをされたならば、町奉行所が介入する。

「お助けを」

「あやつらを捕まえてくだせえ」

しかし、そのような訴えを無頼はできなかった。すれば、それこそ無頼としての立場がなくなる。

「寝言は寝てからじゃ」

「ふざけたまねを」

町奉行所も受けつけない。無頼は法度《はっと》の外にある。普段、善良な民に暴力で脅しをかけて金にしている。その無頼が被害を受けたからといって奉行所に泣きつくなど、許されるわけもない。

つまり無頼は新町遊郭ではおとなしい。

ならば新町遊郭に行かなければいいと思われるが、無頼にも矜持《きょうじ》はある。そのへんの岡場所で安い遊女を買うのは、金がないと言っているのに等しい。

名前を売りたい、さすがはと感嘆されたいと思う者ほど新町遊郭で遊んだ。

「また来るわ」

「お待ちしておりま」

一夜の逢瀬《おうせ》を楽しんだ阿藤伊三次が、見送りに出てきた揚屋の男衆に片手をあげて別れを告げた。

揚屋の男衆が見送るのは、ちゃんと金を支払った客だけである。そして妓が見送るのは、何度か通って馴染《なじ》みとなった客と決まっていた。

伊三次の見送りに妓が出てこなかったのは、馴染みでないか、あるいはあちこちの見世の女に手を出しているかのどちらかであった。

引きずるほど長い裾の浴衣《ゆかた》を肩にかけ、帯を緩《ゆる》く締めた伊三次の姿は、そのまま無頼であった。

「見た目はよかったが、具合がなあ」

独り言を呟きながら、伊三次が門にかかった。

「いまいちだったな」

「……あれは、山中」

伊三次が背を向けて堺屋太兵衛と話をしている小鹿に気付いた。

「増し役に回されたあいつが、新町に来る……それだけの金はないはず。となると役目……それこそないわ」

増し役は飾りでしかない。三男とはいえ、もと東町奉行所の与力の出だったのだ。伊三次もそのあたりの事情はわかっていた。

「相手の商人は誰や。見たことないな」

伊三次が堺屋太兵衛を見て、首をかしげた。

「増し役の同心と付き合うていどや、さほどの者ではなかろうが……」

「…………」

もう少しよく見ようとした伊三次に、堺屋太兵衛が目を合わせた。

「なっ……」

気付かれた伊三次が息を呑んだ。

「山中さま、お知り合いで」

堺屋太兵衛が小鹿の背後を指さした。

「……伊三次」

小鹿が顔色を変えた。

「よくない野郎ですか」

「世のなかでもっとも唾棄すべきやつだ」

表情をゆがめて小鹿が罵《のの》った。

「……なるほど、あいつが」

小鹿の様子で堺屋太兵衛は伊三次が伊那の相手だと悟った。

「山中さま。少し心を殺していただけますか」

堺屋太兵衛が小鹿の顔を見た。

「心を殺せだと」

「わたしがなにを言うても、あやつがなにを言おうとも、無視していただけますか」

怪訝な表情をした小鹿に堺屋太兵衛が願った。

「……わかった」

小鹿は堺屋太兵衛を信頼してうなずいた。

「ほな、始めまひょか」

堺屋太兵衛が軽く笑った。

「恥さらしがいてますなあ」

「なんだとっ」

嘲笑を浮かべて声をかけてきた堺屋太兵衛に伊三次が反応した。

「己でも、恥さらしやとわかってんねんなあ。わたしはあんたやとは言うてないで」

「こいつっ」

挑発に伊三次が憤った。

「他人のものに手を出すのは、盗人《ぬすっと》と相場が決まってますねん」

「そいつが寝取られるほどの間抜けやっただけじゃ」

伊三次が小鹿へ目をやった。

「…………」

小鹿は言われたとおり、無視した。

「そいつの女房が尻軽やったんや」

「……………」

「いや、閨が下手すぎて、女房が満足でけへんかった」

下卑《げび》た嘲《あざわら》いを伊三次が浮かべた。

「家を放逐《ほうちく》された男には、下しか自慢するもんはないかあ」

「……このっ」

伊三次が長脇差の柄に手をかけた。

「おや、遊郭のなかで刃物を振り回すつもりとは」

堺屋太兵衛が盛大なため息を吐いた。

どれほどの馴染みでも遊郭で白刃を見せれば、男衆から押さえつけられる。

「……うっ」

伊三次が詰まった。

「抜けまへんか。いやあ、えらそうにしておきながら、下の本山には勝てまへんのか」

さらに堺屋太兵衛が煽《あお》った。

「言わせておけば……」

門から伊三次が外へ出た。一歩でも門を出れば、そこは世間になる。

「二度と生意気な口をたたけんようにしたる」

伊三次が鯉口《こいぐち》を切った。

「山中さま」

「ああ」

新町遊郭の門を出れば、そこは町奉行所の管轄《かんかつ》になる。廻り方の縄張りがあるとはいえ、目の前で抜き身を振り回す無頼を止めないわけにはいかなかった。それこそ、東町、西町、増し役の区別はない。

堺屋太兵衛に呼ばれた小鹿が、前に出た。

「町方の前で、刀を抜くつもりか」

「うっ」

十手《じって》をかざした小鹿に、伊三次がひるんだ。

「三寸（約九センチメートル）抜いたら……」

小鹿が間合いを詰めた。

「御上の威光に頼るか。根性のないやつが」

伊三次が小鹿を怒らせようとした。

町方同心とはいえ、個人的な理由での争闘は認められていない。喧嘩両成敗として、小鹿も咎めを受ける。

「遺恨があった」

そうなれば、喜んで和田山内記介が小鹿を罪に落とす。

「わたしが見てますで」

堺屋太兵衛が証人になると口を挟んだ。

「たかが一人の町人がなにを言うても無駄じゃ。筆頭与力が黒と言えば、鶴《つる》も烏《からす》になるわ」

伊三次が得意げに返した。

「あいにくだな、伊三次」

小鹿が口の端を吊りあげた。

「和田山は、増し役東町奉行所の筆頭与力ではない」

「それが……」

「吾を咎めるのは、越権になるぞ」

筆頭与力の権限は大きいが、それぞれの町奉行所のなかだけのことであり、東町奉行所の筆頭与力が西町奉行所の同心を謹慎、放逐などにはできなかった。

「…………」

伊三次が黙った。

「堺屋よ」

「へい」

小鹿の声かけに堺屋太兵衛が応じた。

「その無頼に襲われたのだな」

「さようで」

「な、なにをっ」

小鹿の言葉に堺屋太兵衛がにやりと嗤ってうなずき、伊三次が驚愕した。

「増し役東町奉行所中山出雲守さまが組、廻り方同心山中小鹿である。神妙にせんか」

「ま、廻り方だと」

伊三次が目を剝いた。

「くそっ」

脱兎《だっと》のごとく伊三次が背を向けて、新町遊郭のなかへ逃げこんだ。

「ふん」

その様子に小鹿が鼻を鳴らした。

「追わずによろしいんで」

追おうとしない小鹿に堺屋太兵衛が問うた。

「面倒だ。あのていど、いつでもどうにかできる。なによりも、まずは人足だからな」

今は人足が先だと小鹿が首を左右に振った。

「たしかに。小物ですわなあ」

堺屋太兵衛もため息を吐いた。

「あのていどの男に……いや、止めときましょう」

伊那の悪口を言いかけた堺屋太兵衛が頭を横に振った。

「しかし、なんですなあ。あれでももとは与力の息子ですやろ。娘とそういう仲になったとわかったならば、家格もよく似たもんですやろ。そのまま嫁に出したらよかったんと違いますか」

堺屋太兵衛が和田山内記介の対応に疑問を持った。

「あやつは三男でな。家を継がれへん。筆頭与力の娘を家の厄介もんの嫁にするわけにはいかへんというこっちゃ」

「町方お役人でも、次男、三男は厄介もんですか」

「厄介やで。吾は一人息子やったからな、すんなり家督も継げたし、弟や妹の行き先を心配せんですんだけどな。どこの家でも次男以下の扱いは悩みの種や。どこぞに養子に行けたら御《おん》の字。でなければ、さっさと寺の小坊主にするか、金を出して寺子屋でもさせるかになる。それもあかんかったら、商家の小僧や」

「武士から商家の小僧でっか」

堺屋太兵衛が驚いた。

小僧は商家の雑用係である。奉公に出ても衣食住を保証してもらうので給金は出ない。年に二回の藪入《やぶい》りという休暇のときに小遣い銭をもらうていどであった。また、小僧を何年務めれば、手代《てだい》になれるかも決まっていなかった。

「算盤《そろばん》ができへんでどないする」

「字が汚い」

「客の顔を一度で覚えられへんでは話にならへん」

商人も善意で子供を預かっているわけではなかった。成長して、見世の役に立つと思えばこそ、無駄飯を食わせ、算盤や習字などを教える。

「来月から襟替《えりが》えや」

衣服を小僧のお仕着せから、普通のものにする。これは無給の役立たずから、給金をもらう奉公人へと出世したことを示す。

しかし、そうではない者もいる。

いつまで経っても算盤を覚えない、字をていねいに書かない、仕事をしないですぐに遊ぶ。

「親元を呼んでおいで」

数年様子を見て、何度も叱って、性根《しようね》を正そうとしても、無駄な場合もある。そういった連中は、見切りを付けて放り出す。

ただ、問題もあった。町方役人の息子や娘を預かっているときである。普通のように放り出せば、親の機嫌を損ねる。商人にとって町方の与力、同心は鬼よりも怖い。

「御法度のものを扱っていると聞いた」

「品物が悪質だという訴えが奉行所にあった」

どのような因縁でも付けられるからであった。

ぎゃくに子供を預かっている間は、気を遣ってもらえる。

「おめえんとこの品が腐っていたぞ」

無頼が因縁を付けにきたら、

「なにをしている」

すぐに町方が駆けつける。

「あそこの店は、東町とのかかわりがある」

そういった噂はすぐに拡がる。

結果、店に来る強請集《ゆすりたか》りが減る。

まじめではない小僧にも価値はあるのだ。

だが、これにも限界があった。概ね小僧は十三歳くらいまでで、以降は手代になるか、店を辞める。十三歳をこえて身体付きが大人になっても小僧の格好をしているのは、格好が悪い。

「いつまでも小僧でいさせる」

「小僧姿の恥ずかしさよ」

世間は小僧のままの者を嘲笑し、店の主にあきれる。事情を知っている者は、役立たずの子供を押しつけた小僧の親の町方役人も蔑《さげす》む。

だからといって使えない者を手代にして、店に出すことはできなかった。手代になると店の看板を背負っての商いをすることになる。使い走りの小僧とは違う。客からの求めに的確に応じなければ、店の名前が落ちる。

さすがにそこまで店は面倒を見切れないし、親元も押しつけられない。結局、奉公を辞めて、実家で門番や小者のまねごとをして、飼い殺しになる。

「……なるほど。その小僧にもなれない阿呆でしたか」

小鹿の説明を聞いた堺屋太兵衛が首肯した。

「そんな阿呆に娘を傷ものにされたとなれば……」

「親は怒りますなあ」

堺屋太兵衛が納得した。

三

助は満足して見世を出た。

「腰が軽いわ」

「お楽しみでございまんなあ」

見世を出たところで腰を伸ばした助に、見送りの男衆が笑いかけた。

「いやあ、たっぷり呑んで喰って抱いたでえ」

うれしそうに助が答えた。

「さあて、しばらくは稼がなあかん。次は当分先やな」

「昨日のように散財してくれはらんでも、合間にちょこちょこ来てくれはるほうがよろしいのに」

身形《みなり》が乱れたままの妓も助の見送りに付いてきていた。

「そうやなあ。十日も働けば、一刻（約二時間）くらいはどうにかなるか」

「いやあ、うれしい」

誘いに乗った助に、妓が抱きついた。

「きっとやあ」

甘えかかるように妓が豊満な身体を助に押しつけた。

「わかった。わかった。ほな、気張って働いてくるわ」

助が最後に妓の胸乳《むなぢ》を摑んで、背を向けた。

「もうう」

妓がすねるような甘えるような嬌声をあげた。

「……当たりやったなあ」

にやにや笑いながら、助が新町遊郭を出た。

「来ましたで」

堺屋太兵衛がすぐに助を見つけた。

「ああ」

小鹿も町方役人という役目の特性として、一度見た顔は忘れない。

「お先をお願いしても」

町方同心の役儀をもって助を引っ張られては、堺屋太兵衛に手出しはできなくなる。それこそ質問一つもできない。

「嫌とは言えんわ」

堺屋太兵衛には大石内蔵助《おおいしくらのすけ》を紹介してもらったことを始め、先ほどの伊三次の件でも世話になっている。小鹿はうなずいた。

「おおきにすんまへんな」

一礼した堺屋太兵衛が鼻唄を口ずさんでいる助へ近づいた。

「ご機嫌でんなあ」

「おう、敵娼《あいかた》がようてなあ」

声をかけた堺屋太兵衛に助が応じた。

「そいつはなにより。妓が股開くだけとかは、興ざめですからねえ」

「遊び慣れてねえ尻の青いのは、それでもええんやろうけどなあ。遊び慣れるとやるだけの妓とか、見た目だけの女じゃあ、満足できんようになる」

　堺屋太兵衛の雑談に助が付き合った。

「ところで、親方は淀屋はんの」

「……そうやけど、誰やおまはんは」

　確認した堺屋太兵衛に、助が警戒した。

「堺屋というしがない商人で」

「そのしがない商人はんが、なんの用や。淀屋はんへの紹介やったら、別の者を頼ってんか。人足ていどで番頭はんにも近づけへんでなあ」

　名乗った堺屋太兵衛に助が間を空けるように離れた。

「淀屋の番頭はんでっか。喜兵衛《きへえ》はんと治郎兵衛《じろうべえ》はんなら、お付き合いがおますよってなあ。別段、紹介は要りまへんで」

　堺屋太兵衛が手を左右に振った。

「三番番頭はんに、蔵仕切りの番頭はんやないか」

　助が驚いた。

「ほな、なんの用やねん」

「ちょっと訊きたいことがあるんや」

腰の引けた助に、堺屋太兵衛が声を低めた。

「……訊きたいこと」

「おまはん、特別な荷を運んだそうやなあ」

「ああ」

屋台で話したことだ。いまさらとぼけても意味はなかった。

「その荷について知ってることを話して欲しいんや」

「な、なんも知らん」

堺屋太兵衛の問いに助が首を強く横に振った。

「いつも厳重に封がされてた。なかになにが入っているかなんぞわからんわ」

「箱の大きさは」

「まちまちやった。大きいのもあれば、小さいのもあった」

「大きいのは」

「なんでそんなことを知りたいんや」

助が尋ねた。

「おまはんが気にすることはあらへん」

「ほな、答える義理はないやろ」

助が虚勢を張った。

「ほれ」

素早く堺屋太兵衛が懐から紙入れを出し、なかから小判を見せた。

「そいつは……」

「慶長小判や。その辺のまがいもんと違うで」

黄金の輝きに目を奪われた助に堺屋太兵衛が小判を振ってみせた。

大坂は江戸と違って金ではなく、銀を通貨の基準としている。

「銀四十五匁で」

「ほな、量ってんか」

代価を求めた商人に客は銀の板や銀の粒を渡す。

「お預かりを」

商人は用意した天秤《てんびん》に重りと客の出した銀を置き、足りなければ追加を求め、多ければ銀板などを金切鋏《かなきりばさみ》で切って調整する。そのため相場の上下だけで物価は大きく変動しなかった。対して江戸は金が中心であった。当然、金の価値の変動の影響が大きい。

その金の代表である小判が、幕府の手によって改鋳された。

しかも小判の値打ちを半分近くまで落としてしまった。

「阿呆なまねを」

当然、経済を握っている大坂商人たちの評判は悪かった。

新しい小判をまがいものと呼ぶのは、その証であった。

「慶長小判……それをくれると……」

「商いや。そっちがこれにふさわしいだけの話をしてくれたら、その代価として支払うで」

堺屋太兵衛が小判を手のひらに載せた。

「商売というなら、どこまで話せばええんかをはっきりさせてもらわんと」

話したはいいが、それでは不足だと値切られてはたまらない。助が商品買い取りの説明を要求した。

「そうやなあ。ほれ」

堺屋太兵衛が小判を助に向かってふわりと投げた。

「あっ、えっ」

助があわてて小判を受け取った。

「おまはんの知ってること全部や」

冷たい顔で堺屋太兵衛が求めた。

阿藤左門は、中山出雲守の話をそのまま和田山内記介へと伝えた。

「筆頭を置かずか。ふん」

聞いた和田山が鼻先で笑った。

「やはりなにもわかっていない」

「なにがでござろうか」

嘲笑を浮かべた和田山内記介に、阿藤左門がおもねるように訊いた。

「晦日《みそか》におこなわれる筆頭与力の集まりを知っているな」

「存じてはおりまするが、なにが話されているかは知りませぬ」

阿藤左門が和田山内記介の問いに首を左右に振った。

「当然じゃ。あれは筆頭与力だけしか加わることができぬものじゃ。東西両町奉行所の筆頭与力が晦日に集まり、月番の交代にかかわる申し継ぎを話すもの。ああ、内容は聞かせられぬぞ」

「もちろん、心得ておりまする」

息子の失態によって、東町奉行所の与力から同心への格落ち、さらに増し役への転籍と奈落へ落とされた阿藤左門は、和田山内記介にすがるしかない。このままでは、中山出雲守の増し役解任と同時に、身分を失うことになる。

それを救えるのは、己を陥《おとしい》れた和田山内記介しかいない。不満をうちに秘めてはいたが、阿藤左門は和田山内記介の言いなりになるしかなかった。

「わからぬのか」

和田山内記介が情けないと嘆息した。

「なにがでございまするや」

「出向させられたのも、無理もないな」

怪訝な顔をした阿藤左門に、和田山内記介が嘆いた。

「…………」

阿藤左門が鼻白《はなじろ》んだ。

「筆頭与力の話し合いだ。つまり筆頭与力しか参加できぬ。たとえ町奉行本人でもな」

「……なるほど」

ようやく阿藤左門が理解した。

「増し役は永遠に月番に加わることができぬということよ」

和田山内記介が口の端を吊りあげた。

町奉行所には東西で縄張りがあった。月番になったからといって、すべての管轄を手にするわけではなかった。それぞれの町奉行所が握っている特権などへは手出しできなかった。

とはいえ、月番の最中に起こった事件などは管掌《かんしよう》する。それは月番が交代しても、そのまま担当する。

もともと特別な役目を持たない増し役である。月番だけでもしないことには、まったく意味はなくなる。

「飾りにもならなくなる」

「そうだ。荷物になる」

阿藤左門の言葉に和田山内記介が首肯した。

「そもそも増し役なんぞ要らぬのだ。上方は安泰であり、なにも問題はない。江戸の執政衆はなにをお考えなのか」

和田山内記介が愚痴《ぐち》った。

増し役は本役だけで不足があるからこそ任じられる。江戸で辻斬《つじぎ》りや盗賊が横行する冬になれば、火付盗賊改方《ひつけとうぞくあらためかた》に増し役ができる。要るからこそ増やされる。足りないことを補うのは執政の役目でもある。

当然、用がすめば増し役は解かれる。

江戸の火付盗賊改方の増し役は、春になればお役御免になった。

「なぜ、上方に増し役が」

和田山内記介はそこが引っかかっていた。

「わざわざ江戸から目付が増し役町奉行として来る意味はどこにある」

「わかりませぬ」

問われたわけではないのに、阿藤左門が首を横に振った。

「大坂で盗賊や辻斬りが増え町奉行所では不足となったら、大坂城代組から加番《かばん》が出されるのが慣例であるはずだ」

和田山内記介が困惑した。

大坂城代には、京橋口定番《きようばしぐちじようばん》、玉造《たまつくり》口定番の大坂定番があり、本丸や二の丸といった中心部の守衛として東大番《ひがしおおばん》・西《にし》大番の大番二組が、さらに加番として山里《やまさと》加番、中《なか》小屋《ごや》加番、青屋《あおや》口加番、雁木坂《がんぎざか》加番が置かれた。

このうち定番以外は一年交替であるが、いざというとき大坂城を守るための戦力となるべく武に優れた先手番、大番組から出張ってきている。

それらが大坂城下を巡回している。そこいらの無頼や牢人では、敵《かな》う者ではない。

天下の豪商が軒を並べる大坂の治安が維持されているのは、加番の力が大きい。

はっきり言って、町奉行所ではなかった。

そこへ増し役が送りこまれてきた。

「執政衆がそこまで不明だとは思えぬ」

「で、ございますな」

阿藤左門が追従《ついしょう》した。

「でありながら、増し役が派遣された」

「先代の増し役さまと同じく、出世の階梯《かいてい》を登るためではございませぬか」

悩む和田山内記介に阿藤左門が言った。

東町奉行増し役は中山出雲守が初めてではなかった。

中山出雲守が任じられる前にも、保田《やすだ》美濃守宗易《むねやす》が三年ほど務めていた。保田宗易は無役からいきなり大坂東町奉行増し役に任じられ、なにをしとげたわけでもないのに江戸北町奉行へと栄転していった。

これが前例となった。

四

幕府は慣例、前例で動いている。

かつては戦で手柄を立てることで、武士は立身した。それこそ足軽が、大将首を獲れば一気に武将にもなれた。

しかし、これは乱世だからこそ許された。身分も血筋も、武力には勝てなかった。ゆえに出自さえあきらかでない豊臣秀吉は天下人、関白になれた。

だが、それは泰平では認められなかった。

天下は徳川家のものとなった。

征夷大将軍は代々徳川家の血筋が就く。これは絶対であった。

つまり、身分は固定したのだ。

旗本は老中になれない。いかに有能であっても、いきなり重要な役目に就くことはできなくなった。

だからといって、血筋だけで重要な役目を受け継いだら、弊害が出る。無能が家柄だけで重職になれば、幕府は崩壊する。

そこで有能な者を引きあげる方法として、幕府は腰掛けのような手順を取った。

「形だけで実権のない役目を経験させる」

役目を完遂すれば、報奨が与えられて当然である。

身分が低い者を引きあげる。

大坂東町奉行増し役となった保田宗易は、その後幕府三奉行の一つ江戸町奉行へと栄転していった。

江戸町奉行は旗本の上がり役と言えた。

旗本でもっとも上とされるのは、留守居《るすい》であった。留守居はその名前のとおり、江戸城から将軍が出かけたときに、その代理をする。まさに栄職であったが、江戸城から将軍が出かけることがほとんどなくなった今では、飾りであった。

同格とされる大目付も同じく、大名の改易や移封の実権を目付に奪われて、隠居役と揶揄《やゆ》される羽目になっている。

そんななか、町奉行は限界はあるが幕府の政にかかわることもできる。なにより、将軍の城下町を預かり、その治安、行政をおこなっている。在任中に殉職するものが出るほど激務ではあるが、それだけに尊敬され、憧れられる。

当然、旗本垂涎《すいぜん》の役目で、有能な者が自薦、他薦にかかわりなく候補は山のようにいる。そんななか、いきなり無役の旗本を抜擢することは難しい。

「不要な大坂東町奉行増し役を無理矢理作ったのは、保田美濃守を引きあげるため」

誰もがそう思ったのは当然であった。

「中山出雲守もそうだろう」

最初、和田山内記介もそう考えていた。

「気に入らぬ」

和田山内記介が腕を組んだ。

「出世の階《きざはし》ならば、なぜ我らの慣例に従わぬ」

出世のために大坂まで来たのならば、そのまま波風を立てないようにすべきであった。

なにせ立身は決まっている。数年か数ヵ月、遠国勤務に耐えれば、江戸へ呼び返されて町奉行や勘定奉行になれる。

それを大坂町奉行所の決まりに従わず、与力たちを無視する。

「目的があるならば、我らの邪魔を排除しようとするだろう」

「たしかに」

和田山内記介の考えに阿藤左門も同調した。

「それを調べよ」

あっさりと命じた和田山内記介に阿藤左門が啞然とした。

「えっ」

「もともとそなたは、中山出雲守のことを内偵させるために送りこんだのだ。だから言っただろう。うまくやれば、与力として復帰させてやると」

「ではございましょうが……わたくし一人であの奉行を相手にするのはいささか……」

数回の遣り取りで阿藤左門は、中山出雲守が手強《てごわ》い相手だと知った。

「手柄を分割していいのだな」

「ぶ、分割……」

阿藤左門が戸惑った。

「当たり前だろう。一人でなすからこそ手柄は大きい。与力の地位はそれだけの価値がある。そうだなあ、二人ならば同心がいいところだな。三人だと同心も難しいが、まあ、そこは出来次第だな」

和田山内記介が阿藤左門に告げた。

堺屋太兵衛と助の話を小鹿は黙って聞いていた。

少し離れて聞かないという配慮はしなかった。後ろ暗いことがある者ほど、町方役人の前で真実を口にしない。

それだけに金に釣られて堺屋太兵衛の質問に答えている助の言動は価値があった。

「……これで知っていることは全部話したでえ」

助が手をあげて、終わりだと述べた。

「助かったわ」

堺屋太兵衛が笑った。

「ほな、遠慮のう」

手にしていた小判を懐へと助が仕舞《しま》った。

「では、これで」

「待ちや」

逃げるように去ろうとした助を、小鹿が遮った。

「な、なにか御用でも」

助が嫌そうな顔をした。

「ちょっと話を訊かせてもらいたい」

「町方の旦那まで、なんですねん」

小鹿の要求に、助があからさまなため息を吐いた。

「側で聞いてはりましたやろ。わたいが知ってることは全部、その堺屋はんに話しましたで」

助が言った。

「それ以外になんぞあるやろ」

小鹿が促した。

「他に……」

助が混乱した。

「荷のことは詳しく話していたのはわかっているけどな。荷を運びこむ頻度《ひんど》は」

「頻度……回数かいな」

小鹿に言われて、助が思案に入った。

「そうでんなあ……月に数度から、多いときは毎日やったな」

助が口にした。

「毎日」

小鹿が目を大きくした。

「あれはきつかったなあ」

「きつい……とは」

しみじみと言った助に小鹿が身を乗り出した。

「重いので」

「……重いだと」

肩を落とした助に小鹿が確かめるように訊いた。

「どれくらいの重さだ」

「そう言われましても……量ったことはないので」

助が困惑した。

「荷運びになれているおまえが重いと感じるくらいか」

「さすがに腰をいわすほどではおまへんけど」

小鹿の考えに助が苦笑した。

「よろしいですかいな」

用は終わったと傍観していた堺屋太兵衛が口を挟んできた。

「なんや、堺屋」

小鹿が堺屋太兵衛の加入を許した。

「すんまへんなあ」

堺屋太兵衛が一礼して、助に向き合った。

「その荷から音はしまへんでしたか」

「音……」

助が堺屋太兵衛の質問に首をひねった。

「こんな音や」

堺屋太兵衛が紙入れを振って見せた。

「……似ているけど、もうちょっと籠もっていたような、鈍いような……」

困ったように助が言った。

「山中さま……」

堺屋太兵衛が目配せをした。

「…………」

小鹿が黙ってうなずいた。

「もう、行ってもよろしいですかいな」

助がおずおずと口にした。

「宿はどこだ」

小鹿が居場所を問うた。

「高麗橋の東、西海屋《さいかいや》の長屋で」

「そうか。行っていいぞ」

答えた助に小鹿が手を振った。

「まったく、女の匂いも消えちまったぜ」

文句を言いながら、助が離れた。

「……堺屋。戻ろうか」

歩きながら話そうと小鹿が堺屋太兵衛を誘った。

「へい」

堺屋太兵衛が同意した。

「……どう思った」

「当然やと」

尋ねた小鹿に堺屋太兵衛が答えた。

「助が運んでいたんは、金やな」

「ですな。それも慶長小判」

「断定できるんか」

口調を崩して小鹿が堺屋太兵衛へ確認を求めた。

「ちょっとお付き合いくださいな」

堺屋太兵衛が踵を返した。

「どこへや」

「わたしの店ですわ。というても看板もなんも出してまへんけど」

堺屋太兵衛が述べた。

「……ここで」

小半刻（約三十分）ほどで堺屋太兵衛が足を止めた。

「ほんまに看板もなんも出とらんなあ」

小鹿が感心した。

「一見《いちげん》さん相手やおまへんので」

「知る人ぞ知るというやつかあ」

「そんなええもんと違いますわ」

堺屋太兵衛が苦笑した。

「表はなかからやないと開けられまへんので、すんまへんが勝手口からお願いをいたしますわ」

「おうよ」

隣家との間の路地に入った堺屋太兵衛の後を小鹿は追った。

「……狭いとこですけど、ご辛抱《しんぼう》を」

小鹿に座るようにと声をかけて、堺屋太兵衛が飾り戸棚の下に手を突っこんだ。

「最近は、物騒《ぶっそう》でっさかいに」

隠し棚から堺屋太兵衛が小箱を出した。

「言うまでもおまへんですけど、こちらが慶長小判、これが新しいもの」

堺屋太兵衛が慶長小判はていねいに、元禄小判は小判とさえ言わずに箱から取り出した。

「耳を澄ましてくださいますよう」

そう言って堺屋太兵衛が慶長小判同士を当てた。

「きれいな音でっしゃろ」

「ああ、甲高《かんだか》いな」

うっとりとする堺屋太兵衛に小鹿が同意した。

「ほんで、これが今回の……」

元禄小判同士を堺屋太兵衛が打ち合わせた。

「話になりまへん」

堺屋太兵衛が頰をゆがめた。

「たしかに鈍いな」

小鹿もうなずいた。

「やってまへんけど、元禄小判を箱に入れて揺すっても外まで聞こえまへん」

「音が通らんか」

教えられた小鹿が納得した。

「……山中さま」

小判を箱へ戻しながら、堺屋太兵衛が小鹿に話しかけた。

「慶長小判と新しい小判の両替の分《ぶ》はご存じで」

「さすがにそれくらいは知ってるわ。慶長小判一に対し、新小判一と四分」

小鹿が答えた。

「実際は、慶長小判が銀で……ずいぶん値上がりしましたので六十六匁」

「すごいな。普段は六十だろう。それが六十六匁か」

小鹿が驚いた。

「対して新小判は、今四十五匁あたりでっせ」

「違いすぎるな」

「利鞘《りざや》が出ますやろ」

「出るなあ」

堺屋太兵衛の意見に小鹿は首を縦に振った。

「もっとも、この利鞘を稼ぐには、相当な権や力が要ります。わたしらくらいの小商人が、慶長小判での支払いを求めたところで、御上の命に逆らうかと怒鳴られて終わり。一両は一両」

「なるほど」

小鹿は堺屋太兵衛の言いたいことを理解した。

「淀屋くらいになると、支払いを慶長小判でと言える」

「さようで」

堺屋太兵衛が首肯した。

「淀屋が西国大名から一石一両で一万石買い取って新小判で払う。そして、その米を一石一両と一分で売った」

「一万石となれば一万二千五百両やな。それを全部慶長小判で支払わせれば……」

「新小判にして一万七千五百両。つごうは七千五百両の儲け。二千五百両のはずの利がでっせ」

「それを拒めば、淀屋との取引は終わり」

「でっしゃろ」

「しかしやで、商人が損するとわかっていて引き受けるか」

小鹿が疑問を呈した。

「淀屋の客は、商人やおまへん。淀屋からそれを言われても逆らえへんお方」

堺屋太兵衛が冷たく目を光らせた。

「淀屋の無理を引き受けなあかんもんかあ。大名か」

「そうでおます」

気付いた小鹿に、堺屋太兵衛がうなずいた。

「西国の大名で淀屋に金を借りてないところはおまへん。淀屋の条件を吞まな、金を貸してもらえへんようになる」

「損するとわかっていてもか」

「町方のお人と違いまっせ。お大名で金勘定のできる人はいてはりまへん。できてたら、借金はしまへんて。借金の利子を半分にしたるとでも言われてみなはれ、ほとんどのお大名は飛びつきますわ」

首をかしげた小鹿に堺屋太兵衛が告げた。

「はあ、ますます淀屋の身代は膨れあがるなあ」

小鹿が嘆息した。

「ただ、表には出せまへん。御上のお定めに逆らうことになりますよってなあ」

「それで密かに運ばせとるんやな」

「おそらく」

「これはお奉行に報告せんとあかんな」

「よろしいんか。一番ええのは知らん顔をしておくことでっせ。淀屋の闇を知ったとばれたら、命がおまへん。山中さまはしはりまへんやろうけど、脅しなんぞかけたら……」

「金は欲しいが、命は買えんでなあ」

小鹿が堺屋太兵衛の懸念に苦笑した。

「それにな。淀屋は怖いけど、お奉行はもっと怖い。知らん顔なんぞ、すぐにばれるわ」

小さく小鹿が身を震わせた。

第四章　欠点を持つ者

一

中山出雲守との密談を受けて、小鹿は淀屋の見張りを始めた。

「入ってくる荷は気にせずともよい。出ていく荷だけを追え」

中山出雲守は小鹿に指図した。

「どこへ行ったかを見極めるだけでよい。それ以上のことはするな。下手に動いて淀屋に知られては、話が壊れる」

念入りに中山出雲守は小鹿に釘を刺した。

「これは言うまでもなかろうが、決してこのことを奉行所の者といえども他言してはならぬ。奉行所の者は淀屋に通じている」

「肝に銘じまする」

小鹿は首を縦に振った。

「夜こそ怪しいが、淀屋は愚かではあるまい」

日が落ちれば、河岸の人通りは一気に減る。人足相手の屋台も、灯りに使う油代が高くつくのでさっさと仕舞ってしまう。

となれば、他人目は少なくなるが、だからといって夜中に動けば、どうしても気配がする。

「なんぞ……」

淀屋が金を出して架けた橋の下には、その日の仕事にあぶれて宿賃を払えない連中や、明日の朝早々に仕事をもらおうと泊まりで待っている者たちがいる。そういったあぶれ者たちが気付くかもしれない。

「黙っていろ」

そう脅しつけても、住むところもない、失うもののない者は平気である。

「百鬼夜行《ひゃっきやぎょう》を見たでえ」

「夜中に淀屋から黒ずくめの変なのが湧《わ》いて出た」

そういった噂を簡単に撒《ま》く。

「金をやる」

口止め料なんぞ、もっと役に立たない。

「もうちょっとお願いしやす」

命の危険を考えることもなく、欲望に従うだけなのだ。

「雉《きじ》も鳴かずば……」

強請《ゆすり》に来たあぶれ者を殺したら、それこそ大事《おおごと》になる。

「あいつが殺された」

「淀屋が……」

騒ぎが大きくなるだけであった。

「昼間、他の荷に紛《まぎ》れさせ、目立たないようにするだろうなあ」

小鹿はそう読んでいた。

「こっちが目立っては意味がない」

町奉行所の同心は、別段決められているわけではないが、黄八丈《きはちじよう》の小袖《こそで》に黒紋付《くろもんつき》である。なにより武家身分としては必須とされる袴《はかま》を穿《は》かない。世に言う着流し姿である。裾をさばいて紺足袋《こんたび》を見せつけるように闊歩《かつぽ》するありさまが、若い娘の人気を博している。

それだけに他人目に付く。

「身形を扮するか」

廻り方同心は潜入も役目の一つである。あらためて言うほどではないが、いつ誰に廻り方が命じられるかわからないため、同心の家には一通りの扮装の用意があった。

北浜の川沿いに溶けこむなら、褌一つ、よくて半被を羽織っているだけの人足姿に扮するのがもっともいい。

だが、見張りを目的とする小鹿が、人足としての仕事もせずにいるのは、かえって浮く。なにせ淀屋の日当は、大坂でも破格なのだ。

その破格の仕事を受けもせず、一日淀屋の蔵屋敷を見ている人足。これほどの違和はなかった。

「なかを見られる」

そう考えて人足の仕事を受けるのもまずかった。

その日限りの人足に、淀屋が大事なところを見せるはずもなく、ぎゃくにあたりを窺うような素振りをするだけばれやすくなる。

「えろう気張るなあ」

助のように何日もかけて淀屋の番頭、あるいは手代の信頼を勝ち取り、裏の仕事をもらえるようにするという方法もあるが、期間が読めないというのと、そこに至るまでの間は怪しげな荷の動きを追えないという欠点があった。

「屋台をするわけにもいかぬな」

小鹿が次の手を考えた。

屋台は簡単にできた。席代わりに空いた酒樽か醬油樽を用意できれば、あとは酒と適当な煮物を出すだけでいける。菜を煮るのが面倒ならば、蜆《しじみ》を買いつけて醬油で煎るだけでもいい。

なにせ損失を出さなければいいのだ。

「酒が濃いぞ」

割る水の量を少し減らすだけで、たちまち大繁盛する。

「屋台には縄張りがある」

その日、どれだけ売りあげたかで生きていけるかどうかが決まる屋台の主にとって、繁盛する店の登場は命にかかわる。

また、どれだけ長く屋台を出し続けているかで、蔵に出入りする人足たちの作業門に近い場所を取れるという暗黙の取り決めがある。

「なにしてんねん」

これを無視して、すでに縄張りとして押さえられている場所に、屋台を出すともめ事になる。

「潰してまえ」

客を取り合う屋台の主たちだが、こういった慣例破りには力を合わせる。

蔵の出入りを見張れるいい場所での屋台は、まず無理であった。

「かといってなあ……最近江戸で流行の遊び人というのは」

小鹿は首を横に振った。

江戸の治安は全体としてはよくなっている。火付盗賊改方の増員などで、辻斬り、盗賊、火付けは大幅に減っている。

「小博打《こばくち》うちなど、我らが相手にするものではない」

武力に矜持を持つ火付盗賊改方は、博打場の手入れや強請集りの捕縛《ほばく》など、派手ではない役目に消極的であった。

そうでなくとも仕事をなくした者、国元にいられなくなった者が大量に流入する江戸である。人が増えるにつれて、小悪党も増える。

まともに働かず、博打場に出入りして、勝てば吉原で遊び、負ければ通行人や小商いの店に因縁を付ける。こういった連中のことを遊び人と称した。

「汗水垂らして、わずかな銭をもらう。それは能なしの証さ」

遊び人は、その名前のとおり、仕事をせず、一日ぶらぶらしていることを自慢している。

「あまり馬鹿をするんじゃねえぞ」

しかも小悪党すぎて町奉行所も相手にしなかった。

捕まえたところで、牢屋敷は盗賊だ、人殺しだで満杯であり、入れる余地はなく、さらに罪も精々が百叩《たた》き、酷くて江戸十里四方所払いくらいで、とても同心や御用聞きの手柄とは言えない。

どこにでもいて、多少変なことをしてもおかしくはないのが遊び人であった。

といっても、それは江戸の話である。

金を稼ぐことに重きを置く大坂では、無為徒食の輩《やから》は嫌われる。

博打場がないとは言わない。幕府の目が緩いだけに江戸よりも多い。ただ、客層が違った。

江戸の博打場は、金を持っていようがいまいが、身形がどうであろうが客として受け入れる。一方で大坂は客を厳正に選んだ。

大坂で幕府の手が入らないところはなかった。江戸のように武家屋敷、寺院などは町方の手入れを受けないわけではなかった。

大坂にある武家屋敷は、そのほとんどが蔵屋敷であり、大坂で米を金に換えるまでの保管場所でしかなかった。当主はもちろん、家老職や一門がいるわけでもない蔵屋敷に、西国監察の権限を有する大坂城代は遠慮なく立ち入ることができた。

しかし疑いもなく、立ち入り監察をするのは、いかに大坂城代の権力が強いとはいえ、軽々にはできない。

「某家の蔵屋敷で博打が……」

こういった密告が最低限でも要る。

そうなっては蔵屋敷の役人は終わる。

「与《あずか》り知らぬことでございまする」

藩から切り捨てられて、用人以下士分は切腹、お家お取り潰しになり、中間《ちゅうげん》、小者は放逐になる。

そうなっては困るので、最初に客を選ぶ。

大坂の博打場の客は、金を持っている商家の主、蔵屋敷の用人、留守居役であった。寺銭《てらせん》と呼ばれる手数料を収入とする博打場にとって、一夜で千両近い金が動くのはありがたい。されど、客には身分や外聞がある。これを庇護《ひご》できなければ、上客は離れる。

「どなたのご紹介で」

客を限定するだけに、遊び人といった者は受け入れない。

「目が出なかった」

博打場に出入りできなければ、遊び人はやっていけなかった。

「商人に扮するのも……」

武士と庶民では髷《まげ》の形も違う。月代《さかやき》のあたりかたも違ってくる。

「身分をわきまえよ」

両刀を差しているだけが、武士を表すのではなかった。

家督を譲った隠居のなかには、腰が重いとして両刀を差さない者も多い。

だから町人だろうと思って侮《あなど》ると、痛い目に遭う。

「無礼な口の利きようじゃの。主家はいずこであるか」

大名の一門、重職だった者ほど茶道に傾く。無腰で十徳姿《じっとくすがた》だからといって、商人とは限らなかった。

ただし、それは隠居がしっかりと武家風の髷を結《ゆ》っている場合であり、わざと剃髪《ていはつ》したり、茶人を強調するために町人髷だったときは、咎めることはできなかった。

「どけ、邪魔だ」

つまりは小鹿が商人姿に扮していたならば、武士に蹴飛ばされても文句は言えなかった。

「難しい」

身形も問題だが、淀屋の広壮さも困難の理由であった。

淀屋は土佐堀川に面している河岸、そのすべてを領していた。正確には、荷運びの都合上、ほんのわずかだけ他の商家の土地もあるが、それを探すのもなかなか困難なほどであった。

「あの人足から、出入りの場所などは聞いてるけど……」

助から荷出しの場所、荷入れの場所がどのあたりかは聞きだしてある。

そこを重点的に見張りたいのだが、なんせその左右もずっと淀屋の敷地で、身を隠すような辻もないのだ。

「とりあえず、今日は様子見だな」

袴を身につけ、縞柄《しまがら》の小袖に利休茶《りきゅうちゃ》色の羽織という藩士姿で、小鹿は同心町の組屋敷を出た。

中山出雲守は小鹿の前で冷静さを装っていたが、内心は興奮していた。

「淀屋の穴を見つけた……」

小鹿の報告を中山出雲守は奇貨《きか》だと感じていた。

「あとは報告だな」

中山出雲守は、江戸の老中土屋相模守への書付《かきつけ》を認《したた》めた。

「どうやって江戸へ運ぶか」

そこで中山出雲守が険しい表情となった。

大坂城代と京都所司代には継《つ》ぎ飛脚《びきやく》が用意されていた。これはそれぞれの任地から江戸までの間を立場《たてば》ごとに人を替えて運ぶものであり、箱根《はこね》の関所、大井川《おおいがわ》の渡しなど幕府が定めた関門も無条件で通過できた。

さすがに早馬には勝てないが、大坂から江戸までを七日ほどで駆け抜けることができ、危急の際の連絡として使われた。

ただ、これは大坂城代と京都所司代にしか許されておらず、大坂町奉行では継ぎ飛脚に書状を託すことはできなかった。

「ご老中さまへ……」

土屋相模守への用だと言えば、大坂城代の土岐伊予守は拒否せず、受け取ってはくれるだろう。ただ、まちがいなく中身は検められる。

「密事であると念を押されている」

淀屋の力は、老中でも抗《あらが》うのは厳しい。

「大坂町奉行の中山出雲守がこのような報告を江戸の土屋相模守へ出した」

土岐伊予守が淀屋に囁《ささや》く可能性は高い。

「……かたじけのう存じまする」

すぐに淀屋は隠蔽《いんぺい》に走る。

「どこから漏れた。知っているのは誰だ」

淀屋には金がある。

金で動く者を山のように抱えてもいる。

「お客はんや。かなんなあ」

船乗りは水死体のことを客と呼んで、死穢《しえ》を嫌う。

「こいつ見た顔やな」

大坂湾に助の死体が浮く。

「辻斬りやあ」

続いて小鹿が襲われる。

「それは構わぬ」

助も小鹿も淀屋を罪に問うには、軽すぎる。二人の証言は、淀屋の知りませんの一言には勝てない。それだけ淀屋は大坂で力を持っていた。

つまり中山出雲守にとって、助と小鹿の死は別段痛くもなかった。

「とはいえ、今、手駒を失うのは痛い」

中山出雲守は、小鹿以外の与力、同心が役立たずとわかっていた。いや、あからさまに足を引っ張る者も、和田山内記介に通じている者もいる。

「継ぎ飛脚は使えぬ」

中山出雲守は、首を横に振った。

「家臣を派遣するしかないの」

江戸から連れてきた家臣は少ない。そこから一人を中山出雲守は江戸へ向かわせることにした。

二

伊三次は父親を大坂城に近い三囲稲荷《みめぐりいなり》神社に呼び出した。

「なんだ。呼び出しをかけるのは、遠慮せいと言ったはずだが」

阿藤左門が不機嫌な顔で伊三次の前に現れた。

「呼び出すなとは言われちゃいないなあ」

「むっ」

言葉尻を捉えるようなものだが、阿藤左門は詰まった。

「それより、話を聞いたほうがいいと思うがよ」

「聞いたほうがいいだと」

伊三次の言いかたに阿藤左門が怪訝な顔をした。

「あいつを新町遊郭で見かけたぜえ」

「……あいつ」

「鈍いなあ。山中の野郎さ」

「山中……別段おかしくはなかろう」

一応、小鹿は独り者である。遊郭へ行くのは不思議でもなんでもなかった。

「遊びにやないわ。なんや人足を捕まえて、話をしていたで」

「人足を……聞いてないの」

阿藤左門が首をかしげた。

「どんな話をしていた」

「聞こえるほど近づけんわ。捕まりかけたから逃げたら、追いかけてけえへん。おかしいなと様子を見に戻ったら、なにやら話をしてたというだけや」

問うた阿藤左門に伊三次が手を振った。

「ええい、肚《はら》なしめ」

根性が足りないと阿藤左門が伊三次を罵《のの》った。

「無茶言うな。なんや小鹿は廻り方同心になったそうやないか。廻り方同心に喧嘩売れるわけないやろ」

「廻り方同心……聞いてへんぞ」

伊三次の怒声に、阿藤左門が戸惑った。

「そっちのことや。わいに言われても知らん」

「……うう」

そっぽを向いた伊三次に阿藤左門がうなった。

「伊三次。調べよ」

「ほい」

父の命《めい》に伊三次が手を出した。

「なんや、その手は」

「わかってるやろう。金や金」

睨むような阿藤左門に、伊三次が笑った。

「なにを言うてんねん。家のためやぞ」

阿藤左門が伊三次に迫った。

「家、家やと」

伊三次の目の色が変わった。

「なっ、なっ」

雰囲気が変わった息子に、阿藤左門が後ずさった。

「家を放り出しておいて、今更なんやねん。勘当《かんどう》されたおかげで武士の身分は失うわ、明日の飯には困るわ、凍死しかけたこともある」

「そこまで……」

身分のなかで生きている阿藤左門には、想像できていなかった。

「勘当がなんなのかわかっていただろうが」

「………」

伊三次の恨み言に阿藤左門が黙った。

「仕事をさせたいなら、それだけのものを出してもらおうか」

「……金は出せん」

「嘘を言うなよ。家にはうなるほどではないが、金があっただろう。そうよなあ、銀三百匁に負けといてやるよ。もと身内価格や」

伊三次が嗤った。

「銀三百匁……」

阿藤左門が嘆息した。

「ああ、偽物小判を五枚出してごまかしいなや。小判やったら慶長小判で払ってもらうで」

伊三次が念を押した。

銀三百匁は、おおよそ五両になる。

「金はないと言うたやろうが」

阿藤左門が怒鳴った。

「おまえだけが苦労したわけやないわ。儂も辛《つら》かったんじゃ」

「うおっ」

急に怒り出した父に、伊三次が驚いた。

「おまえが筆頭与力の娘をうまく孕《はら》ませなんだから、策はしくじったんじゃ」

阿藤左門が伊三次を指さした。

伊三次は和田山内記介の娘伊那をうまくたぶらかし、男と女の仲になった。もちろん、これは若い男女の惚れた腫《は》れたではなく、行きどころのなかった三男を町奉行所の与力に押しこむためであった。

「それだけでは足らぬ」

武士の娘は貞操を大事にするが、嫁に行くまですべてが未通女《おぼこ》ではなかった。とくに町方役人は町人に近いため、男女の色事に触れやすい。

つまり、伊三次が伊那を抱いたくらいでは、和田山内記介を言うとおりにはできなかった。

「子を仕込め」

阿藤左門は息子にそう指示していた。

和田山家には嫡男がおり、いかに伊那を妊娠させたとはいえ伊三次を跡継ぎとして迎えることはなかった。

それくらいのことは、阿藤左門もわかっていた。

阿藤左門が狙っていたのは、空き与力の家であった。

空き与力というのは、江戸町奉行所、京都町奉行所、大坂町奉行所の欠員のことである。

町奉行所の役人というのは、不浄職とされている。同心はまだよかった。同心の身分はどこも同じで、多くて三十俵、少なければ十俵という薄禄で共通していた。

しかし、与力の格差は大きい。

与力はそのもとが寄騎であった。寄騎とは主従関係ではなく、組頭などに付けられた者との意味で上司と配下なのだ。いわば、与力は将軍の直臣であった。

つまり与力は将軍に目通りできた。

だが、不浄職を将軍の目に入れるわけにはいかない。そこで町奉行所の与力は目通りできない身分となり、それに合わせて禄も減らされていた。

とはいえ、町奉行所の与力は金がかかった。

「調べてこい」

「町を見廻れ」

町奉行所の仕事は多岐にわたるが、それに対応できるだけの人数はいない。

となれば、金で人を雇うしかなくなるが、町奉行所の年間経費は決められており、そこまでの余裕はなかった。

「ごまかすしかない」

そこで町奉行所の役人たちは金をどうにかしようと考え、定員を満たした振りで二人分の欠員を作り与力を終わらせた。

そう、二人分の与力の禄を、表にできない経費に回した。

「あと二家、与力は増やせる」

阿藤左門は、その空きに目を付けた。

この空きは町奉行所のなかだけのことで、世間に知れるとまずい。なにせ長年、二人分の禄を横領しているも同然であったのだ。

筆頭与力が納得すれば、空きは塞げる。

阿藤左門は、伊三次に阿藤の分家を作ろうと画策し、そのために和田山内記介の娘伊那を落とさせた。

「ふざけたまねを……」

その企みを知った和田山内記介は激怒し、伊三次を放逐させ、阿藤家を与力から同心へと格落ちさせた。

「子ができていれば……」

さすがに伊那が妊娠していれば、和田山内記介もそこまではできなかったと阿藤左門は考えていた。

いかに筆頭与力が力を持っていようとも、他の男の子供を孕んだ娘を押しつけるのは難しい。

「やることはやり尽くしたわ」

伊三次が不満を口にした。

「とにかく、すんだことを今更蒸し返すな」

「……たしかに」

息子の言葉に、阿藤左門が首肯した。

「ほなの」

伊三次が手を振って背を向けた。

「待て。山中のことは」

「金出しや。報せただけでもありがたいと思ってんか」

止めようとした阿藤左門に、伊三次が冷たく対応した。

「三百匁は無理や。百、いや百五十なら」

「阿呆なことを。子供のお駄賃《だちん》か」

値切った阿藤左門に伊三次があきれた。

「うっ……二百、それ以上は出せん」

阿藤左門が苦吟《くぎん》した結果、ぎりぎりの金額を口にした。

「今回だけやで」

もう一度伊三次が手を出した。

「今はこんだけしか持ち合わせがない」

苦い顔で阿藤左門が銀板を取り出した。

「……こんだけかあ。ふむ、八十匁というところか」

受け取った銀板を伊三次が手のひらで量った。

「残りは、結果を聞くときに」

「しゃあない。ただし、踏み倒しなや」

残りは後日と言った父に、息子がすごんだ。

阿藤左門は今までのように、すぐ和田山内記介のもとへ報告をしにいかなかった。

「少しは調べてからやないと」

和田山内記介が己を犬ていどにしか思っていないと阿藤左門は気付いていた。

「役に立たぬ」

手に入れたものをそのまま持っていったところで、価値は認められなかった。

少なくともそれが本当のことであるか確認しておき、できればその目的、どこの誰の指示かくらいは調べておかなければならない。

「少し、聞きたいのだが」

阿藤左門は東町奉行所の小者に訊いて回った。

小者というのは、どこにでもいる。いや、どこにいても気にされない。とくに町奉行ともなると、旗本のなかでも高位になる。武士でも公家でも偉くなればなるほど、格差を強くする。町奉行にとって、小者などいないも同然である。いなければ、気にせずに会話する。

小者ほど町奉行所のなかで起こっていることを知っている者はいなかった。

「なにを」

小者が具体的になにを知りたいのかと尋ねた。

「出雲守さまは、最近なにをしてはるか」

「阿藤さまは、お奉行はんのご配下でっしゃろ。わたいよりよっぽどよくご存じなはずですけど」

阿藤左門に訊かれた小者が不遜《ふそん》な態度を取った。

「……金か」

「ただで手に入るもんが信用できまっか」

小者が平然と言った。

「むう」

阿藤左門が正論に詰まった。

ただほど怖いものはないという。それは情報にも通じた。

「……だと聞きました」

「噂で……」

あくまでも他聞を装うことで、まちがっていても責任を取らなくていい。

ただそこに金が絡むと話は変わる。

「嘘を吐いたな」

金をもらえば、苦情を受けつけなければならない。

「あやつは碌でもない」

いい加減な話をしてしまうと、悪評が付く。

「あのような者は、辞めさせるべきだ」

町奉行所の小者はなんの保障もなかった。一代抱え席で、慣例として一年ごとに身分が更新されるし、親子での継承も認められているが、それは同心とは違った。

「出ていけ」

その一言で小者は終わった。

「雇えば、町奉行所を追い出された町奉行所に目を付けられるで」

奉公先は見つからないどころか、

「出入りせんとってんか」

「二度と顔を見せんな」

今までの付き合いも全部切られる。

だからこそ、金を受け取ったならば、誠心誠意を尽くす。それが町奉行所の小者であった。

「……これでええか」

数日前に伊三次に金を払ったばかりである。さほどの金額は手持ちになかった。

「はあ、たったこんだけでっかあ」

小者でもため息を吐くほどの金額だった。

「まあ、今までのお付き合いもおますよってなあ」

「すまんな」

金が足りなければ、強く出られない。

阿藤左門が頼んだ。

三

小者の話は、中山出雲守が小鹿と話しこんでいるというだけであった。

「やはり山中か」

阿藤左門が舌打ちをした。

「山中からうまく訊き出せば……」

与力だったころの気分のまま阿藤左門は動いた。

淀屋を見張っているとはいえ、町奉行所に顔を出さないわけにはいかなかった。

「そなたはなにをしているのだ」

あまり顔を出さなければ、なにか密命を受けていると思われる。

基本、町奉行所では他の与力、同心がなにをしているのかを探ってはいけなかった。

しかし、町方役人の狭い世のなかで生きている。そこには、与力と同心という身分差、組内で交わされた縁組みというしがらみがあった。

そこでは町奉行所での密事もかかわりなかった。

「おはようござる」

小鹿は朝一番、中山出雲守に経緯を報告する。

「どうであるか」

「今のところ、それらしい動きはございませぬ」

中山出雲守の決まり切った質問に、小鹿も同じように型どおりの答えを返す。

「他にはなにかあるか」

「手が足りませぬ」

「無理である。ことがことだけに他の者に報せるわけにはいかぬ」

これも定型の遣り取りになっていた。

「精一杯務めよ」

締めは中山出雲守の一言でくられる。

「はっ」

同心の哀しさ、奉行の一声には否やはなかった。

「ごめんを……」

小鹿は中山出雲守の前を下がった。

待機場所のない増し役の与力、同心は東町奉行所に居場所はない。出務をする者はいないはずであった。

「山中」

阿藤左門が、小鹿を待ち構えていた。

「……阿藤さま」

小鹿が驚きで足を止めた。

「少しいいかの」

「御用がござれば」

阿藤左門の誘いを小鹿は御用を理由に拒もうとした。

「その御用にかんしてじゃ」

「……少しだけでよろしければ」

御用にかかわると言われては、いたしかたない。小鹿は嫌々ながら従った。

「外へ出るぞ」

町奉行所のなかでは、どこに聞き耳があるかわからない。

「はい」

小鹿にとっても、そちらのほうが都合がよかった。

「……ここらでよかろう」

密談をするには、ぎゃくに表通りがいい。

物陰とか辻角で他人目を気にして密談すると、近づく者に気付きにくいからだ。

「手早くお願いいたす」

小鹿が阿藤左門を促した。

「うむ」

阿藤左門が首を縦に振った。

「直接問うぞ、なにをお奉行より受けたまわっている」

「……なんと」

質問に小鹿が困惑した。

「だから、お奉行から命じられたことを申せ」

阿藤左門が小鹿に迫った。

「ご存じではないので」

「知らぬゆえ、問うておる」

疑いの目で見る小鹿に、阿藤左門が強く言った。

「御用のことは他言できませんぞ」

小鹿が拒んだ。

「先達の儂に言えぬのか」

阿藤左門が凄《すご》んだ。

「お奉行の厳命でござる」

強く小鹿が拒否した。

「むっ」

中山出雲守の名前に阿藤左門が口ごもった。

「では、御用に遅れますので」

身形を変えるために、一度組屋敷へと戻らなければならない。

小鹿はさっと背を向けた。

「待て、よいのか」

「なにがでござろう」

阿藤左門の制止に小鹿は振り向いた。

「過去のことを蒸し返すわけではないが、吾が息子を町方から追い出したのは誰じゃ」

低い声で阿藤左門が小鹿を脅しにかかった。

「いや、和田山さまでござるな。拙者ではござらぬ」

小鹿ももう苦労知らずではなくなっている。

「……その原因を」

「それは阿藤さま、いや、阿藤どの。あなたであろう。拙者がなにも知らぬとでも」

まだ責任を押しつけようとする阿藤左門に、小鹿は冷たく返した。

「なにを言うか」

阿藤左門が不満を露《あら》わにした。

「お奉行にご報告をいたしますぞ」

「…………」

小鹿に言われた阿藤左門が黙った。

「二度と御用のお話はごめんこうむりましょう」

突き放すように小鹿が告げた。

「……生意気な」

残された阿藤左門が去っていく小鹿の背中を睨みつけた。

「見ていよ。町方役人としての経験の差を思い知らせてやる」

阿藤左門が小鹿の後を付け始めた。


中山出雲守の使者は、土屋相模守のもとへ無事に書き付けを届けた。

「……さすがだの。余が選んだだけのことはある」

書き付けを読んだ土屋相模守が中山出雲守を褒《ほ》めた。

「慶長小判を密かに集め、蓄えているとなれば、淀屋を咎めるに十分である。御上の決めたことに商人ごときが逆らうなど、許されてよいはずもなし」

土屋相模守が満足げにうなずいた。

「これで十全に出雲守は役目を果たした。なれば、江戸へ戻さねばなるまい」

有能な配下をいつまでも遠方に手放しておくのは、執政としてはまずい。

幕政のすべてを預かる老中はあらゆる方面に気を配らねばならず、手助けがなければやっていけなかった。

「出雲守をどこに据えるかだが……」

配置をまちがえるのはまずかった。合わぬ職に就けてしまうと、能力が発揮されず人材の無駄遣いになる。それだけではなかった。

「なぜこのようなことを」

力を発揮できない役職に就けられた者が不服を持つ。

「頼るに足りぬお方であった」

下手をすると他の執政へと寄《よ》る辺《べ》を変えかねなかった。

「……集めるか」

土屋相模守は上の御用部屋を見回した。

現在、老中は阿部豊後守正武《あべぶんごのかみまさたけ》、小笠原佐渡守長重《おがさわらさどのかみながしげ》、秋元但馬守喬知、そして土屋相模守の四人であった。

老中は幕政の中心で最高峰であった。定員は決められていないが、慣例として五人内外が多かった。

「豊後守が問題だな」

土屋相模守が独りごちた。

阿部豊後守は五代将軍綱吉就任当初から、老中として重用されてきた。

「死ねえ」

若年寄稲葉石見守正休《わかどしよりいなばいわみのかみまさやす》が、大老堀田筑前守正俊《ほったちくぜんのかみまさとし》を殿中《でんちゅう》で襲撃した現場に居合わせ、

「わあぁ」

懐剣を遣って稲葉石見守を討ち果たすという功をあげている。

「改鋳の責任者……」

綱吉からの信頼も厚い阿部豊後守は、勘定奉行荻原近江守とも密接にかかわっている。

土屋相模守が苦い顔をした。

「そなたに任せる」

金を生み出すと言上した勘定奉行荻原近江守の庇護《ひご》を、綱吉は阿部豊後守にさせた。

「かなりの金が、豊後守に渡ったとの噂もある」

土屋相模守が苦い顔をした。

「淀屋のことが知れれば、確実に口出し……いや、指示を取ろうとするだろう」

慶長小判を秘しているのは、阿部豊後守への反抗でもある。

「今すぐに調査をいたし、淀屋を捕らえよ」

阿部豊後守は土屋相模守の思惑、苦労、手配りなどを無視して動く。

「御上への謀反《むほん》をいたした者を咎めましてございまする。また、闕所《けっしょ》といたしたことで取りあげた財はこれだけございました。公方さまのお望みを果たすに十分かと」

「よくぞ、してのけた。褒めてつかわす」

すべての手柄を、土屋相模守が受けるべきであった綱吉の褒賞も持っていく。

「させてたまるか」

老中は幕臣の頂点であり、これ以上の出世はなかった。

刃傷事件で殺された堀田筑前守のような大老、三代将軍家光《いえみつ》と四代将軍家綱《いえつな》から重用された保《ほ》科《しな》肥《ひ》後守《ごのかみ》正之《まさゆき》の就いた大政委任、この二つは老中より格上である。

ただし、大老は井伊《いい》家、酒井《さかい》家、堀田家、土井《どい》家の四家だけが任じられるもので、保科肥後守は家光の異母弟という血筋ゆえにそれだけの権限を許された。

つまり、土屋相模守には望めない。

ならば出世競争など気にせず、幕府の、天下のために働けばいい。阿部豊後守とも敵対せず、手柄など欲しがらず、手を組めばいい。

「出世はなくとも、加増はある」

老中は五万石内外の譜代大名で城主、あるいは城主格の者が選ばれる傾向にある。

徳川家の考えとして、禄の多い者には権力を与えず、権力を与えた者には禄を増やさないとしている。

老中を務めたことによる。

かつて家光の寵愛を受けた松平伊豆守や堀田加賀守は十万石をこえる領地を与えられたが、異例であった。

五代将軍綱吉も柳沢左《さ》近衛《こんえの》権《ごんの》少《しょう》将《しょう》兼美濃守保明《やすあきら》を重用し、数百石から八万二千石の川越城主にまで引きあげた。

しかし、柳沢美濃守を寵愛するあまり綱吉が手元から離さなかったことで、柳沢美濃守には遠国の経験がなく、老中にはなれなかった。

「美濃守を老中格とする」

「老中の上席」

綱吉は無理矢理柳沢美濃守を出世させた。

「余も……」

気に入った者を立身させる綱吉を目の当たりにしている土屋相模守は野望をうちに秘めていた。

「大老になれぬ。ならば、子孫のために領地を増やす」

土屋相模守の望みは加増にあった。

言うまでもなく、老中の加増は少ない。その代わり、要地や実高の多い土地への転封があった。

幕府の大名には、表高と実高があった。表高とは井伊三十万石や、加賀前田百万石といった幕府の定めた格を表すものである。それに比して実高とは、実際にその領国からあがる年貢の量である。

表高と実高が一致していることもあるが、大きな差があることもあった。表高が五万石ながら、実高は十万石であれば、五万石分は軍役を果たさずともよいまるまるの収入になる。もちろん、ぎゃくもある。表高六万石、実高一万石といった悪い領地に封じられる。

すべては幕府の采配である。

どこが実高が多く、どこが少ないかを幕府は把握している。

これは表にしないだけの褒賞であり、懲罰であった。

「よき土地を」

土屋相模守は稔《みの》りのいい領地を願っていた。

もともと土屋家は常陸国《ひたちのくに》土浦《つちうら》を領していた。それが土屋相模守が当主となって三年で、駿河国田《するがのくにた》中《なか》へ移封された。

「これほど違うか」

田中へ移った土屋相模守は、その稔りの差に驚いた。

駿河国は温暖な海に面しており、大きな気温の変化がない。土浦もよいところではあるが、ごくまれに冷害に襲われることがあった。

「藩の財政が好転する」

田中に入った土屋相模守が期待した。

だが、二年後に大坂城代、さらに一年後で京都所司代に任じられた。

「金がかかる」

大坂城代も京都所司代も役料はなかった。

現地での経費代わりとして、上方に一万石ほどの領地をもらえるが、任地を外れたときに返還しなければならない。もっともそこから老中へと栄達したときは、本領付近へ移して加増される。

土屋相模守は老中になったときにそのぶんを加増されて、駿河田中から常陸国土浦へと戻された。四万五千石で土浦を離れ、戻ってきたときには七万五千石であった。

その後も一万石の加増を受け、今は八万五千石と倍近い。

「年間の実入りは、減っている」

田中藩の実高は、表高の倍以上あった。

米の穫《と》れ高だけではなく、遠州灘《えんしゆうなだ》を使った交易の運上《うんじよう》も大きい。なによりも東海道の宿場町としての賑わいがある。

人が寄れば、金も集まる。その金旅人が宿場町を利用すれば、領地に金が落ちる。その金は宿場を発展させ、領民を豊かにする。

余裕があれば、領民は治世に苦情を言わない。

一揆など起こるはずもなかった。

駿河国田中は、まさに理想の領地であった。

「先祖の地に戻る」

これは名誉なことであった。

駿河田中から常陸土浦への転封は、京都所司代を務めあげた褒美《ほうび》と言えた。

「土浦もよいが、田中こそ子々孫々のためである」

駿河田中から江戸までは五日の距離であった。常陸国土浦だと三日なので、多少は遠いが、それを考えても田中のほうが価値があった。

「豊後守に手柄はやらぬ」

土屋相模守は阿部豊後守を仲間外れにすると肚をくった。

四

老中は上の御用部屋、そのなかで老中一人一人が屏風で仕切られたなかで、他人に知られないように執務している。

「但馬守どのよ」

「なにかの、相模守どの」

屏風越しに土屋相模守が、秋元但馬守を呼んだ。

「火鉢へ」

「承知」

土屋相模守の誘いに秋元但馬守が付き従った。

秋元但馬守はつい先日若年寄から老中になったばかりである。老中同士は上下なしというのが慣習とはいえ、やはり先達への気兼ねはある。

「ご多用のところ、申しわけないの」

土屋相模守が上の御用部屋の中央にある大きな火鉢の前で、秋元但馬守へと振り向いた。

「……………」

火鉢の前に来たというのは、密談との証である。

秋元但馬守が無言で応じた。

「では……」

了承を確認した土屋相模守が火箸《ひばし》を手に取り、ていねいに均《なら》されている灰へと文字を書き始めた。

「……わかりもうした」

内容を確認した秋元但馬守が首肯した。

「では」

火箸で書いた文字を消した土屋相模守が自席へ戻った。

老中は政をおこなう。その過程でいろいろなことを知る。なかには天下の秘事もある。そして、それは同じ老中でも話すことははばかられる。ただ、無闇に広めるわけにはいかない。

それでも共有しなければならないときもある。ただ、無闇に広めるわけにはいかない。そこで火鉢が利用された。

文字数に制限されるとはいえ、声に出さずにすむ。用が終われば、灰の上に書いた文字を消してしまえば、秘密は保持される。

「お先でござる」

その日はそれだけで終わらせた。

老中の出務は、四つ（午前十時ごろ）であった。

「おはようござる」

土屋相模守はいつもより少し早めに上の御用部屋へ出た。

「相模守どの、お早いの」

小笠原佐渡守が少し目を大きくした。

「貴殿こそ、ずいぶんとお早いことでござる」

土屋相模守が返した。

「少し調べたいことがござってな」

小笠原佐渡守が苦笑した。

「ご苦労でござるの」

ねぎらいながら土屋相模守が小笠原佐渡守に近づいた。

「明日、御用終わりに吾が屋敷まで」

小声でささやいて、土屋相模守が離れた。

老中は昼八つ（午後二時ごろ）で執務を終えた。これは上がいつまでも残っていると下が帰りにくいからであった。

もとより御用の都合では、八つ以降も残ることはあるが、基本は時刻どおりに下城して屋敷で執務を続ける。

「お先でござる」

「では、拙者も」

「わたくしもここまでにいたしましょう」

土屋相模守が腰をあげるのに、秋元但馬守、小笠原佐渡守が続いた。

「うむ。ご苦労でござった」

先達阿部豊後守がうなずいた。

伊三次の恨みは、和田山内記介に向けられている。だが、実質大坂東町奉行所を牛《ぎゅう》耳《じ》っている筆頭与力を相手にできるわけはなかった。

「あのやろうさえ、いなければ」

伊三次は手の届く小鹿を憎むことで、和田山内記介の代償としていた。

「あいつをやってくれや」

「あれか。なんやしょぼくれた奴やなあ」

淀屋を見張っている小鹿を指さす伊三次に、褌一丁の無頼が嗤った。

「どこの家臣や」

小鹿が扮しているのは、蔵屋敷の下級役人である。

「知らんけど、油断はしいなや」

伊三次は小鹿が町奉行所の同心とは告げなかった。

「町方と喧嘩なんぞできるかあ」

知ったら無頼の腰が引ける可能性が高い。

「上方を売って、逃げるには金が足らん」

それでもとなると相応の金がかかる。

町奉行所の役人の仲間意識は強い。普段はいがみ合っている者でも、外からの手出しには一致して抵抗する。

ましてや仲間が殺されたとなれば、その怒りはすさまじく大きい。

「決して逃がすな」

東町奉行所だけでなく、西町奉行所も下手人を追う。

大坂の町を隅から隅まで知っている町奉行所の追っ手から逃げることは難しい。いや、不可能に近い。

ただ一つの手段として、大坂町奉行所の縄張りから離れるしかない。

だが大坂町奉行所の縄張りは広い。

摂津、河内、和泉《いずみ》の三国だけでなく、播磨《はりま》、丹波《たんば》にも力が及ぶ。逃げるとしたら備《び》前《ぜん》以西、あるいは四国になる。

東は大坂東町奉行所と交流の深い京都町奉行所の縄張りに踏みこむことになる。

「冗談じゃねえ」

それなりの金を支払わなければ、誰も町方役人への手出しは避ける。

今回、実家から手にした金は、とても足りるものではなかった。

「一日の稼ぎとしては悪くねえなあ」

「あいつの身につけているものと紙入れの中身はもらうでえ」

雇った無頼二人が伊三次に告げた。

「もちろんええで。わいは口出しはせえへん」

伊三次が認めた。

「ほな、さの字、行こか」

「おうよ、うの字」

無頼二人が顔を見合わせた。

「気を抜くなよ。あいつは強い」

「わかってるさあ」

「ふふふ」

手を振って二人が小鹿のほうへ向かっていった。

小鹿は藩士姿で北浜をのんびりと歩んでいた。浜を端まで行ったところで踵を返して、戻る。

ただ、このままでは目立つ。

「……………」

小鹿は踵を返すときに合わせて、羽織を裏返しにして着ていた。

本来の羽織は、表裏がある。表は地味な黒紋付でも裏は派手な色合いの生地を付けたりするのが、最近流行《はや》っていた。

だが、小鹿の羽織は、裏返したら灰色の紋付きになる。

簡単な変装道具ではあるが、効果は高かった。

他人を顔で認識するのは、なんらかのかかわりがあったときである。すれ違うだけという薄い関係では、顔よりも身形に目は向く。

「派手やなあ」

衣服に注意を向けさせるために、派手な羽織を身につければいい。しかし、それは記憶に残ることでもある。

「……また、来たぞ」

記憶に残ってしまえば、すぐに目が向けられる。

そうならないよう、町方同心たちの扮装は、地味で風景に溶けこむようなものばかりであった。

「……今日も動きはないなあ」

見張りも続けていれば、飽きてくる。緊張を維持し続けるのはなかなか難しかった。

「なにもないのが一番やけど、動きがないと気が削《そ》がれるなあ。最近、堺屋も見いひんしなあ」

小鹿が愚痴を口のなかでもらした。

「……うん」

他人の目というのは、思ったよりも気になる。小鹿はにやにやと嗤いながら、歩み寄ってくる上半身裸の男二人を見つけた。

「ちょっとええかあ」

うの字が、小鹿の前に立ちはだかった。

「なんや」

小鹿が立ち止まった。

「ちょっと話を聞いてんかあ」

うの字が小鹿の顔を覗《のぞ》きこんだ。

「だから、なんや」

小鹿が問うた。

「なあに……ちょっと死んでんか」

「おらあああっ」

後ろに回りこんでいたさの字が、いきなり背中に隠していた匕首《あいくち》で突きかかってきた。

「……ふう」

小鹿がため息とともに後ろ足でさの字を蹴り飛ばした。

「がはっ」

腹を蹴られたさの字が後ろへ飛んだ。

「気付いてないと思ってたのか」

小鹿があきれた。

うの字が前に立って話しかけているときに、さの字が後ろへ回りこもうとしていた。

「くっそがあ」

うの字が顔色を真っ赤にした。

「わあああ」

上半身裸では、武器の隠しようがない。さの字のように背中に隠すことはできるが、それを使うには片手を後ろにしなければならなかった。

「くたばれ」

うの字が殴りかかってきた。

「甘いわあ」

うの字の伸ばした手の内側、肘《ひじ》を外へと弾くように小鹿が左腕を振るった。

「ぐわっ」

うの字が苦鳴をあげた。

「この野郎」

うの字がかろうじて転がるのを避けて、第二撃を繰り出した。

「そのていどか」

小鹿がため息を吐いた。

「があああ」

頭に血が上ったうの字が次々に殴り、蹴りかかってきたが、小鹿にとっては踊りのようなものでしかなかった。

足首を捕まえた小鹿が、そのまま極めた。

「一人いれば、口は足りるなあ」

「……なっ」

氷のような口調にうの字が息を呑んだ。

「しゃべれそうやし」

ちらと背後で転がったまま呻《うめ》いているさの字に小鹿が目をやった。

「町方同心を襲った以上は、無事ですまんくらいは知ってるやろ」

「ひっ……町方」

足首をぎゃくに極められていては、殴ろうにも届かない。そもそも一本足で立っている状態では、まともに動くこともできなかった。

うの字の顔から血の気が引いた。

「謝る、詫びる。町方の旦那とは知らんかったんや」

「それは町方でなければ、襲っても当然と取れるぞ」

小鹿がますます目つきを鋭いものへと変えた。

「……た、頼まれたからですねん」

うの字が降参した。

「誰から」

「与力崩れの伊三次で」

「……伊三次、あの阿呆かあ」

出てきた名前に小鹿が嘆息した。

「なんて言われたんや」

「あの藩士を仕留めてくれと」

「いきなり殺せか」

小鹿の表情が引き締まった。

「いつ話が来た」

「金出すから、ちょっと頼まれてんかと昨日」

「昨日の今日か。すぐやな」

うの字の話に小鹿が伊三次の考えが浅いと気付いた。

「今朝、吾のことを伊三次は探していたか」

「い、いいえ。すぐにこの淀屋の河岸《かし》へ」

「知っていたということやな」

小鹿が思案に入った。

「……たしかにここ最近は、毎日ここに来ていた。偶然見かけたというのもあり得るが……新町であれだけ脅したというのに、このていどの輩を送り出すとは思えん」

「な、なあ、もうよろしいやろ」

足を離してくれと、うの字が情けない声で願った。

「伊三次はどこや」

「あっちで」

身体をひねって、うの字が河岸を指さした。

「河岸にか」

川と反対側は淀屋の倉敷地で隠れるところもない。だが、河岸はもっとなにもなく、身を隠すことは無理であった。

「舫《もや》ってある小舟のなかで、背を丸めてますねん」

うの字が告げた。

「小舟のなかか。その手は思いつかんかったなあ」

小鹿が感心した。

北浜の河岸には、淀屋の桟橋《さんばし》や船入り口がある。といったところで端から端までというわけではなく、ほとんどがただの河岸であり、ときどき小舟が繋がれていた。

「船女の振りか」

小舟には船頭と遊女が乗っており、仕事を終えて金をもらった人足を狙っている。

「五十でどうや」

船頭が遣り手を兼ね、近づいてくる人足相手に交渉する。

「高いわ二十やな」

「三十はくれ」

代金が決まれば、先払いで客は舟に乗りこみ、遊女とことをなす。

「…………」

その間船頭は川に背を向けて煙草《たばこ》を吸って待つ。

「莫蓙が使えるな」

もちろん、舟のなかで尻を丸出しにして、遊女に乗っかるわけにもいかない。客と遊女には莫蓙がかぶせられ、外からの目を防ぐようになっていた。そのじつは、これは明るいところでは見られたものではないくたびれ果てた遊女の姿をごまかすためというのが、本当の目的であった。

「もうええやろ」

うの字が小鹿の目を見た。

「……くたばれ」

転がっていたさの字がいつの間にか起きあがって、匕首で斬りかかってきた。

「ふん」

捕まえていた足首をひねるように巻きこみ、小鹿はうの字と体を入れ替えた。

「えっ」

目標が入れ替わったことにさの字が戸惑ったが、勢いの付いた匕首は止められず、うの字の太ももに突き刺さった。

「ぎゃあ、な、な」

「受け止めてやれよ」

悲鳴をあげるうの字を小鹿は投げた。

足首でも手首でも摑めば、そこを極めたり、ひねったりして、相手の体勢を崩し、投げ技へと入る。戦場で鎧武者《よろい》の首を獲るために編み出された小具足《こぐそく》の技であった。

「捕り物術ではない、真の小具足術は殺し技じゃ」

小鹿に小具足術のすべてを叩きこんだ師匠の口癖であった。

「下手人を制圧して捕縛、お裁きを受けさせる。そのためには殺してはならぬ。相手が刃物を持っていても、抑えこむ。町奉行所が求める小具足はそれである。だがな、いかに抑えこもうとも、生きている限り相手は抗う。得物《えもの》を落としたと油断して迂闊《うかつ》に摑んで、毒針や小刀の一撃を食らって死んだ者もいる」

稽古《けいこ》の最中も小具足術の師匠は繰り返した。

「安心したければ、息の根を止めよ」

関ヶ原、大坂の陣と経験してきた師匠は、戦いの恐怖をよく知っていた。

「町方の権威を過信するな。そんなもので畏れ入るのは小物だけよ。真の悪党にとって、そんなものお題目にもならぬ」

油断を厳しく師匠は戒《いまし》めた。

「目の動きで丸わかりじゃ」

小鹿はさの字が復活したことをうの字が後ろを見たことで悟っていた。

「うわっ」

仲間の身体をぶつけられたさの字が受け止められず、二人して転がった。

「……逃がさぬわ」

転がった二人に駆け寄った小鹿が、さの字の太ももの骨を蹴り折った。匕首が刺さったうの字は立つこともできない。

「ついでじゃ」

小鹿はさらに二人の右肩を外した。

「あくっ」

痛みで二人が気を失った。

「さて、もう伊三次は逃げているだろうな」

こっちの様子を遠目に確認しているはずである。小鹿がうの字を捕まえたあたりで、ことは失敗したとわかる。

それでいて現場でもたもたしているようでは、三日と無頼はやっていられない。

「伊三次の裏には、阿藤がいるな」

新町で怯《おび》えた伊三次が、小鹿へ仕掛けるとは思いにくい。

「殺すわけにもいかぬ」

騒動に気付いた淀屋の人足はもとより、店の者も出てきている。

「見張りもここまでか」

二人を相手に立ち回ったのだ。小鹿の顔はしっかりと見られている。

「淀屋は甘くない」

この騒ぎだけなら藩士が絡まれたですむ。しかし、明日以降も見覚えのある顔がうろついているとなると、誰もがおかしいと感じる。

「旦那さま、妙な侍が……」

手代から話を聞かされた淀屋が、そのままなにもしないはずはない。

「気付かれた」

ただちにまずいことの痕跡を消しにかかるのはまちがいなかった。

「叱られるな」

中山出雲守への報告を思って、小鹿は大きく息を吐いた。

第五章　化かし合い

一

土屋相模守が秋元但馬守、小笠原佐渡守に根回しをしようとしたのは、中山出雲守の人事について御用部屋で拒まれることがないようにと考えたからであった。

幕府の役人はそれぞれに支配があり、人事の権利も握っていた。

大目付や高家《こうけ》などは老中の支配になる。

他にもっと身分の軽い者としてお庭番《にわばん》や伊賀《いが》者なども支配しているが、これらはその組頭に任せ、老中が口を出すことはない。

大坂町奉行からの栄達先である江戸町奉行や勘定奉行は、幕政にかかわる重要な役職ゆえにその任免は老中の合議にかけられる。

「よろしかろう」

全員一致で認められればいいが、

「いささか足りぬ気がいたす」

一人でも反対する者が出たとき、問題になった。

今回、土屋相模守は老中阿部豊後守を排除しようとしている。勘定奉行はもとより、町奉行、小姓組頭など、幕府でも力のある役目を土屋相模守は己に近い者で占《し》めたいと考えていた。

「よくぞ、お出でくださった」

土屋相模守が約束どおりに顔を見せた秋元但馬守、小笠原佐渡守をていねいな対応で迎えた。

「いや、相模守どののお誘いとあれば、いつなりとも」

「いつなりとお呼びいただけば」

秋元但馬守と小笠原佐渡守が、手を振ってそれほどのことではないと応じた。

「かたじけないことである。では、互いに忙しいことでもあるゆえ、早速に本題へ入りたい」

「結構でござる」

「伺いましょうぞ」

二人の老中も首肯した。

「今から申すことは一切他言無用でお願いする」

「承知」

老中の話はまず厳秘になる。二人が土屋相模守の釘刺しに同意した。

「上方のことでござる。御両所」

土屋相模守が淀屋のことを語った。

「なんと」

「慶長小判を集めるなど……」

秋元但馬守も小笠原佐渡守も絶句した。

「ただちに大坂町奉行に命じて……」

小笠原佐渡守が、正式の手続きを始めなければと言った。

「それを話し合うためにご足労願ったのだ」

土屋相模守が、小笠原佐渡守を制した。

「豊後守どのがおられるのもそのためでございますや」

新任とはいえ、老中に補されるだけのことはある。秋元但馬守が土屋相模守を見た。

「いかにも」

土屋相模守がうなずいた。

「まず、老中が特定の家柄の者に無条件で与えられるというところに、貴殿たちは思うものはござらぬかの」

「相模守どのが肚を割られたのならば、拙者も思うところを申しあげよう。天下を治める老中の役は年長ではなく、どれだけ執政の質を持っているかで判断すべきであると存ずる」

小笠原佐渡守が同意見だと口を開いた。

「わたくしもさようであると」

秋元但馬守も従った。

「いうまでもなく豊後守どのは、今回の改鋳の責任者でござる。もし、淀屋のことを知れば、ただちに荻原近江守へ報せましょう。報せを受けた荻原近江守は嬉々として淀屋を捜索し、ある限りの慶長小判を手に入れましょう。それがどうなるかは……」

「近江守の私腹を肥やすことになる」

最後を濁した土屋相模守の意図を秋元但馬守が汲んだ。

「まずは近江守を処罰すべきでござろう」

秋元但馬守が憤った。

「通りますかの。荻原近江守の発案による改鋳を指図されたのは豊後守どのでござる」

「たしかに」

土屋相模守の言葉に秋元但馬守が嘆息した。

「小判改鋳のことは、勘定奉行の差配でござる。荻原近江守に知られず、淀屋を摘発するには、我らの意に沿う者が要りましょう」

「そのような者がおりまするか。今の勘定方は近江守の言いなりでござるぞ」

小笠原佐渡守が首をかしげた。

「新しい勘定奉行を任じようと思い、ご相談いたしたのでござる」

土屋相模守が告げた。

「新しい勘定奉行……誰でござる」

「勘定方で近江守に手向かいできる者はおりますまい」

秋元但馬守と小笠原佐渡守が戸惑った。

「勘定筋ではない者を就けようと」

「それは難しいことを」

小笠原佐渡守が驚いた。

旗本は目通りできるかできないかで大きく分かれた。目通りできる者を旗本、できない者を御家人と称し、この間には厳格な区別があった。

次に筋目《すじめ》という区分けがあった。筋目とは目通りできるできないにはかかわりなく、勘定や立法などを得意とする役方、先手組や書院番組のように武をもって仕える番方に分かれた。

そして役方のなかで、代々勘定組に属した者のことを勘定筋と呼んだ。

「誰をお召しに」

秋元但馬守が尋ねた。

「今回の淀屋のことを調べあげた大阪東町奉行増し役、中山出雲守がよろしかろうと思う」

「中山出雲守といえば、先日まで目付をしていた」

土屋相模守の出した名前に、秋元但馬守が思い当たった。

「いかにも。目付から大阪東町奉行増し役になってわずかな期間で、淀屋の企みを見抜いたのだ。それだけの能があれば、勘定奉行も務まろう」

「……能力には問題なし」

「となると、勘定筋でない者を勘定奉行に推す理由付けでござるか」

秋元但馬守と小笠原佐渡守が腕を組んで思案に入った。

「今までも勘定奉行に勘定筋でない者が任じられたことは……」

「ある」

問うた秋元但馬守に土屋相模守が答えた。

「ただし、それは御用部屋で反対が出なかったときのみでござる」

「……豊後守どのか」

「むうう」

土屋相模守の話に二人がうなった。

「なるほど。それで我らを呼ばれた」

「さよう」

真剣な表情になった小笠原佐渡守に土屋相模守が首を縦に振った。

「筋目違いを豊後守どのが言い立てると思われるか」

秋元但馬守が訊いた。

「まずないとは思う」

土屋相模守が首を横に振った。

長く老中を務め、将軍代替わりも経験している阿部豊後守は口論をすることもなく、あっさりと認める傾向が強かった。

「我らの反対を防ぐために」

「ああ。悪いとは思ったが、先手を打たせてもらった」

小笠原佐渡守の驚愕に土屋相模守が応じた。

「二人が反対に回れば、豊後守どのも同じようになさろう。それでは困る」

「中山出雲守を推す理由は口にできぬ……それゆえの判断」

秋元但馬守と小笠原佐渡守が苦い顔をした。

「すまぬとは思う」

土屋相模守が軽く頭を下げた。

「いや、いたしかたござらぬ」

「口外できぬことなれば、認めるしかございませぬの」

秋元但馬守と小笠原佐渡守が認めた。

「では、頼めようか」

「反対はいたしませぬ」

「わたくしも同様でござる」

確認した土屋相模守に二人が淡々と応じた。

二

中山出雲守が苦い顔で小鹿の報告を受けた。

「伊三次とは阿藤左門の息子であるな」

「勘当されておりまするが」

小鹿が付け加えた。

武家における勘当は重い。勘当されたら一切実家とのかかわりは断ち切られる。士籍から削られるだけでなく、病に倒れようが、子供ができようが、実家からの援助はない。

その代わり、実家になにがあろうとも連座が及ぶことはなかった。

「……勘当か」

中山出雲守がため息を吐いた。

「それでは阿藤を罪には問えぬな」

「問えませぬ」

小鹿が首を横に振った。

「伊三次を捕まえても阿藤には累が及ばぬ」

「はい」

念を押した中山出雲守に小鹿がうなずいた。

「面倒であるな」

中山出雲守が腕を組んだ。

「淀屋をそなたが見張っていることに阿藤は気付いた」

「おそらくは」

「これ以上の監視は無理であるな」

「難しいかと」

睨むような中山出雲守に、小鹿は目を伏せた。

「他に手立てはないのか」

「わたくしでは思いつきませぬ」

他の手段を求めた中山出雲守に小鹿が逃げた。

「淀屋は気付いたと思うか」

「なぜ見張られているかまではわかっておらぬのではないかと」

小鹿が述べた。

「なぜわかる」

「町方としての勘としか申せませぬが……」

「勘だと……そのような曖昧なもの」

中山出雲守があきれた。

「数日いただければ、わかりまする」

「ほう。どうやって確かめるのだ」

小鹿の言葉に中山出雲守が興味を見せた。

「あの人足が無事かどうかでわかるかと」

「ふむ。淀屋が動いたかどうかを見るわけだの」

中山出雲守が小鹿の案を認めた。

「よかろう」

「かたじけのうございまする」

小鹿が礼を述べた。

「その後をどうするか」

「もうわたくしは顔を知られましてございますれば、見張りは無理かと」

腕を組んだままの中山出雲守に小鹿が首を横に振った。

「むうう」

中山出雲守がうなった。

「思い切って、淀屋に手を入れては」

「そうはいかぬ」

小鹿の意見を中山出雲守が否定した。

「今、淀屋の蔵から慶長小判が出てきたところで、それを咎めるのは困難じゃ。もちろん、咎め立てることはできるが、闕所まで持っていくのは無理であろう」

闕所とは財産のすべてを収公することだが付加刑でしかなく、罪によっては科せないこともあった。

「確実に御上は淀屋の財を欲しがっている」

「…………」

将軍が、いや幕府が商人財産に手を出そうとしている。肯定するのは幕府を盗賊だと認めるに等しく、否定するのは現実がわかっていないと上司から無能と見られかねない。

小鹿は無言で流した。

「それに御上が淀屋の財を奪えば、大名たちの借金はどうなる」

「徳政《とくせい》をお出しになられることに」

借財を無理矢理破棄させる徳政令は、借財が十年以上前のものでなければならないとか、利子の未払いがないとかの条件は付くが大名にとってまさに慈雨《じう》であった。

「闕所では、それも御上のものになる。大名どもが黙っているか。どれだけの借財をし、返済ができているのか、利払いはどうなのか、そのすべてを御上に握られることになる」

「騒がれましょう」

小鹿が言った。

「それ以上だな。大名の内証を知った御上がどうすると思う」

「わかりませぬ」

先ほどと違い、わからなくて当然なのだ。素直に小鹿は答えられた。

「金がなければ、戦はできぬ。借財まみれの大名なら、潰しても手向かいできぬ。それに大義名分もある。藩政に難ありと」

「…………」

またも小鹿は沈黙した。

やりかたが汚いと思っても、それを口にすることは幕府への非難になった。

「なれど、それは悪手である。大名を潰せば、数百、数千の牢人が世間に放たれる。生活の術を持たぬ牢人が天下に溢《あふ》れればどうなる」

「由井正雪《ゆいしょうせつ》の二の舞」

三代将軍家光が亡くなり、四代将軍家綱が就任した直後の慶安《けいあん》四年（一六五一）七月、軍学者由井正雪は幕府への不満を持つ牢人たちを糾合、江戸、京、駿府で謀反の狼煙《のろし》をあげようとした。

幸い、かかわっていた者のなかから密告する者が出たことで、騒動は事前に防がれたが、その策略の大きさと周到さに幕府は息を吞んだ。

「あまり大名を潰すのはよろしからず」

老中たちよりも格上で、家光から息子家綱の補佐を命じられた保科肥後守が、幕府の基本方針であった大名の取り潰しの条件を緩和した。

「慶安の騒動の話だけではない」

中山出雲守が小鹿の考えを不足だと言った。

「お教えをいただきたく」

知らぬままで放置すれば、次に同じことを問われたときも答えることができない。それは自ら役立たずであるというに等しかった。

「ことが大きくなる前、大名が潰れたら、まずなにが起こる」

中山出雲守は、たんに答えを教えるのではなく、考えさせようとした。

「藩士が牢人になりまする」

「そうだ。で、それだけか」

「……他には」

突っこまれた小鹿が悩んだ。

「大坂町奉行所の役人ならば、最初に気付くべきであるぞ」

中山出雲守が小鹿を叱咤《しった》した。

「最初に……ああ、藩に金を貸した者たちが混乱いたしましょう」

ようやく小鹿が理解した。

「それを忘れてはならぬ。西国の大名はどこも淀屋から金を借りている。だが、それだけですんでいるはずもない。大名が金を借りなければならないとなったとき、最初に申しつけるのは、藩の領内にいる御用商人、次いで豪農。淀屋は貸してくれるところがなくなってからになる」

「はい」

小鹿がうなずいた。

「それらの商人、豪農で貸し倒れに耐えられる者は少ない。それこそ藩と運命をともにすることになる。藩というより、領地を支えてきた商人や豪農がなくなれば、領民たちは大きな痛手を負う。場合によっては、打ち壊し、略奪が起こることもあろう」

「まさに」

中山出雲守の説明に小鹿が首を縦に振った。

「となったとき、誰がその騒ぎを収める」

「藩はもう潰れておりまする。となると御上でございましょうか」

「民ごときの一揆に御上が直接兵を出すことはない。そもそも御上の兵は、江戸と大坂、駿府と甲府にしか配されておらぬ。そこから兵を向かわせていては、ときも手間もかかりすぎる」

小鹿の解答を中山出雲守は不合格だと言った。

「ではどうするか。その領地に接している大名どもに命じて、鎮圧の兵を出させる」

「なるほど」

小鹿は手を打った。

将軍はすべての武家の頭領であり、大名はすべてその臣下である。

「兵を出せ」

大名にはいろいろ職務もあるが、なかでももっとも大事なのが軍役であった。

「とはいえ、幕府が隣領の大名を呼び出し指図を出して、やっと鎮圧の軍勢を組むことができる」

幕府は天下安寧をはかるとして、大名同士の諍《いさか》いを禁じた。当然、兵を率いての越境など許されない。無断で藩境をこえれば、幕府から厳しい咎めを受けた。

「江戸から早馬を出したとしてだ。近いところなれば二日ほどで軍は編成できよう。だが、遠ければ十日近くかかる。それだけの日があれば、一揆はどこまで拡がる、どれだけの被害が出る」

「細かくはわかりませぬが、相当なものになるかと」

大坂には幕府の武力が常駐している。そのおかげもあって、打ち壊しや略奪などはまず起こらなかった。しかし、天草や島原の乱を例に出すまでもなく、諸国ではときどき一揆が起こっている。一揆までいかない打ち壊しくらいならば、それこそ頻繁にある。

凶作や不作で食べられなくなった百姓たちは、城下で裕福とされている商人や豪農の屋敷を襲い、金や米を奪っていく。なかには怒りに任せて、商人やその家族を殺したり、建物に火付けをする者もいた。

「その被害を誰が負う。新たにその地を拝領した大名だ。慣れた土地から荒廃した場所への移封。そして立て直し。かなり厳しいことになる。だからといって年貢をあげれば、一揆を呼ぶ」

「なんとも」

小鹿は同心でしかなく、そこまで大きな、高いところからものを見ることはなかった。

「まさに繰り返しである。一揆が起これば世情は不安になる。これは天下安寧の破綻《はたん》の始まりであり、いずれは乱世となる。乱世の意味するところはわかっておるか」

「戦になると」

「正答ではあるが、そうではない。乱世とは将軍家の権威が消失することである」

「将軍家の……」

聞かされた小鹿が絶句した。

「不忠、不遜なことではあるが、徳川家に天下を治める力はないとの証じゃ」

思い切ったことを中山出雲守が口にした。

「それと淀屋のことがどうかかわりあるかと思うであろう。今、淀屋を摘発するとなれば、誰が担当する」

「出雲守さまではございませぬので」

大坂の町人の摘発は貧富にかかわりなく、大坂町奉行所がおこなう。

「淀屋はいろいろな大名家から士分を与えられておる」

金を借りるとき、あるいは利子の支払いが遅れるときなど、謝礼や詫びの代わりとして大名は商人に士分格を与えた。

「なにかあったときには、当家の家中だと申してよい」

士分であれば、町奉行所は手出しできない。

「しかもことが小判改鋳の関係ぞ」

「荻原近江守さま」

「そうなろう」

小鹿が出した名前に中山出雲守が首肯した。

「近江守どのは、いささか問題のある行動を取ってはおるが、幕府の金蔵を満たしたことは事実である」

中山出雲守が続けた。

「つまりは、幕府の財政を豊かにするためにはなんでもやる。淀屋から手に入れた大名たちの借財帳面もな。そのまま返済を強要しよう」

「無理でございましょうに」

数年先の年貢まで形にしているのだ。すぐにと言われてできるはずはなかった。

「返済できなければ、領地を返還せよと言い出すぞ」

「無茶な」

小鹿が驚愕した。

「無茶だと思うか」

「それこそ全国で謀反の烽火があがりましょう」

「あがらぬ。わからぬか。淀屋から御上へ借財が移ったほうが、大名たちもうれしいのだ」

「なぜでございまする」

小鹿がわからないと首をかしげた。

「御上は商人ではない。金を儲けようとしてはならぬ」

武士は金を汚いものとしている。一所懸命と言われるように、土地には固執し、米で年貢を徴収する。武士にとって、米以外は価値のないものであり、毎年の出来不出来で値段を変え、儲けを得ようとする商人は嫌悪の対象であった。

「儲けない……」

まだ小鹿は理解できなかった。

「利子を御上は取らぬ」

「あっ」

小鹿が声をあげた。

三

淀屋重當のもとに河岸での騒動は些細《ささい》なこととして知らされなかった。

「あぶれ者が侍に絡んで、返り討ちに遭った」

人足の多い北浜の河岸では、珍しいことではなかった。

「いつものこっちゃ」

「忙しい旦那のお耳に入れるほどのことやおまへんで」

淀屋重當の仕事は、ほとんどが大名の相手である。

「よしなにの」

「頼んだ」

大名は矜持が高い。

金を借りている立場でも、横柄な態度を取る。武士は商人よりも上の身分である。金を貸すのは当然、借りてもらえることを光栄と思えくらいのつもりでいた。

「きさまごときでは、話にならん」

淀屋の実務を統括する大番頭の牧田仁右衛門でさえ、気に入らないと相手にしない。

そのうえ、来ても何一つ決められず、無駄に手間だけをかけさせ、詳細は用人や家老、勘定奉行がする。

「なんのために……」

淀屋重當が不満を漏らした。

「ご辛抱を」

牧田仁右衛門が主を慰めた。

先ほどまで淀屋重當は外様の大名と話をしていた。

「江戸の屋敷を改装するゆえに金を用立てよ」

大名の用件はいつもと同じものであった。

「なぜにご改装を」

「公方さまの御成《おなり》を願うのじゃ」

理由を訊いた淀屋重當に大名が答えた。

「御成とはおめでとうございまする」

淀屋重當が大名に祝いを言った。

御成とは将軍を屋敷に迎えることをいう。能、茶会、武芸上覧など、将軍が喜ぶ催しを用意するだけでなく、食事や場合によっては宿泊も承る。これは将軍の信頼の証であり、寵愛でもある。毒を盛られたり、襲撃を受けたりする可能性もあり、よほど将軍の強い希望でもなければ、御成は叶《かな》わなかった。

そのぶん、見返りも大きい。今の将軍綱吉は、父の三代将軍家光に倣《なら》って、御成をよくしている。といってもそのほとんどが側用人の牧野備後守成貞《まきのびんごのかみなりさだ》、老中格柳沢美濃守のもとへだが、どちらも望外の出世を遂げている。

このため綱吉の御成を願う者が後を絶たなかった。

「まだ決まったわけではない」

「では、改装なさらずとも」

「それでは遅いのだ。なにより公方さまはお楽しみのあるところにしか御成にならぬ。ゆえに屋敷を改装し、その旨を公方さまにお話しして、ご興味を持っていただく」

淀屋重當の言葉に大名が返した。

「さようでございましたか。ですが、すでに三年分の年貢をお預かりいたしておりまする。とてもこれ以上は」

「御成をいただければ、当家は立身するのだ。それくらいすぐに返せるわ」

「いかほどご入り用で」

「知らぬ。細かいことは用人に任せてある。公方さま御成の御殿を建てる手伝いができるのだぞ。名誉である。畏まって受けよ」

金額を尋ねた淀屋重當に、そう言い放って大名は帰った。

「出入りを禁じておきましょう」

大名の名前を問うた牧田仁右衛門が淀屋重當に応じた。

「頼むよ。ところで……」

そう言って淀屋重當が話を変えた。

「慶長小判は集まっているかい」

「はいとお答えしたいところではございますが、最近、慶長小判でのお支払いや返済に難色を示されるお人が増えまして」

主の質問に牧田仁右衛門が首を横に振った。

「やれ、そろそろ思いいたったようやな」

「なかには慶長小判なら二両扱いにしろというお方も」

ため息を吐いた主に、牧田仁右衛門が苦笑した。

「ずいぶんと強欲なこっちゃな。どなたはんや」

「播州《ばんしゅう》赤穂《あこう》の浅野《あさの》さまで」

「大石はんかい」

「いえ、大石さまはものごとをよく知ってはりますよって、そのような無茶をお口にされることはおまへん」

淀屋重當の考えを牧田仁右衛門が否定した。

「ほな、筆頭家老の大野《おおの》はんか。違うな。あのお人は算盤勘定ができる。淀屋を敵に回す、そんな阿呆なことは言いはらへんわ」

「となると……」

「浅野内匠頭《たくみのかみ》さまですわ」

牧田仁右衛門が告げた。

「いつの話や」

ここ最近は会っていないと淀屋重當が怪訝な顔をした。

「一昨日、旦那がお出かけやったことがおましたやろ」

「ああ、海上無事祈願の行事で住吉大社《すみよしたいしゃ》はんへ行ったな」

淀屋重當が思い出した。

住吉大社とは、大坂湾に面した神社で摂津一宮と崇敬される古社である。海中から出現したと伝えられる底筒男命《そこつつのお》、中《なか》筒男命、表《うわ》筒男命の三神を主神としており、海上安全に霊験《れいげん》あらたかと船主、水主《かこ》、漁民などが信仰していた。淀屋も米の輸送を扱うことから、住吉大社の信徒として、年に何度か出入りの船乗りたちを集めて、お祓《はら》いの会《え》をおこなっていた。

「お出でやとは聞いてなかったが」

いかに大名とはいえ、淀屋重當に会うとなれば、前触れを出すのが常識であった。不意に訪れて淀屋重當がいなければ無駄足になるし、もし同格の大名とかち合いでもすればどちらが先かでもめることになりかねない。

「参勤の途中、思い立って来はったようで、お馬廻り役の冨森《とみもり》さまが、申しわけないと陰でお詫びをしてくれはりました」

「どことも殿さんちゅうのは、わがままなもんやけど、内匠頭はんは一枚図抜けてるなあ」

淀屋重當がなんとも言えない顔をした。

「というより、旦那はんの留守を狙ったんではないかと」

「なんでそう思う」

すっと淀屋重當の目が細められた。

「ちょっと気の利いた大名の大坂蔵屋敷留守居役なら、旦那が住吉はんへ出向かれる日くらいは知ってまっせ」

「たしかにそうやな。隠してへん」

牧田仁右衛門の言葉に、淀屋重當が首を縦に振った。

「そやけどな、儂がおらんかったら話は通じんやろ」

「返事は後でよかったんと違いますか。ようは、慶長小判を高値で買えということですやろ。さすがに倍で、が通るわけないことくらいわかってはるはず」

淀屋重當の疑問に牧田仁右衛門が応じた。

「最初に無理な要求を出して、後で少し減らす。初期の交渉術やな。なかなかお武家はんとしては珍しい」

「たしかにお武家はんでこういった技を使われるお方は少ないですわなあ。で、どないします」

「交渉はせん。すれば他にも影響が出るよっての。浅野だけではなく、当家もそう扱えと言うてくるで。おたくだけやから他には言わんようにと釘刺したところで、武家は約束を守らへん。商人との約束なぞ、破って当然だと思っておるからな」

牧田仁右衛門に対応を尋ねられた淀屋重當が冷たく言った。

「貸金も引きあげますか」

「それをしてはこっちが約束を破ることになるやろう」

訊かれた淀屋重當が首を左右に振った。

「ただし、今後のお付き合いはせえへん」

「へい。城の普請、常陸から赤穂への引っ越し、塩田の開発と借金漬けの浅野家にはこたえますやろ。うちが貸さへんとなったら、他の商人も手引きますよって」

浅野家を切り捨てた淀屋重當に、牧田仁右衛門が口の端を吊りあげた。

「しかしやなあ、浅野がそう言うてきたということはやで、淀屋が慶長小判を集めてると世間に知れ渡ったということになるやろ」

「……ですな」

牧田仁右衛門の声も低くなった。

「結局、古金《こきん》はどれくらい集まった」

「細かいところまではまだわかってまへんが、五十万両はこえてます」

「五十万両か。思ったよりも少ないね」

金額に淀屋重當が嘆息した。

「まあ、お大名に金がないのはわかっていたけど、百万両くらいはいけると思ったんだけどねえ」

「続けますか」

「止めておこう。これ以上内匠頭はんのような世間知らずの相手をするのは面倒だ」

「へい」

主の決定に、牧田仁右衛門が首肯した。

「この後はどのように」

「偽物小判は要らないからねえ。銀でいこうか。慶長銀なら六十匁、新銀なら……ちょっと多いけど一両あたり九十匁としようか」

「新小判はどのように」

「あれはこの先、もっと値が下がるよ。受け取らないようにね」

店を預かる大番頭の確認に、淀屋重當が決定した。

四

大石内蔵助は、帰国した浅野内匠頭長矩《ながのり》の話を聞きながら、心のなかで盛大にため息を吐いていた。

「余が話を付けて参った。淀屋にな」

参勤交代で赤穂に帰ってきた浅野内匠頭が重臣たちを集めて、胸を張った。

「慶長小判一枚で新小判二枚と交換するとなったぞ」

「殿」

「それは」

大石内蔵助と筆頭家老大野九郎兵衛《くろうべえ》が目を剝いた。

「な、なぜ」

赤穂藩の財政を担っている大野九郎兵衛が震えた。

「江戸で聞いたのだ。慶長小判と新小判の交換が、世間では一対一ではないという。慶長小判の値がどんどん上がっているとものI」

浅野内匠頭が滔々《とうとう》と語った。

「はあ」

その場にいた者すべてが呆然となった。

「これで当家の財政も好転いたそう」

紅潮した顔で浅野内匠頭が握りこぶしに力を入れた。

「ところで、当家にはどれくらい慶長小判はあるのか。三千両か、いや五千両はあるだろう。それをすべて新小判に替えれば……一万両じゃ」

浅野内匠頭が興奮した。

「九郎兵衛、いくらある」

もう一度浅野内匠頭が急《せ》かした。

「……いくらと言われても」

大野九郎兵衛が口ごもった。

「どうした九郎兵衛、はっきり申せ。いくらある」

浅野内匠頭が声を荒らげた。

まだ若い浅野内匠頭は、気の短い藩主であった。

「そこに直れ。手討ちにしてくれる」

気に入らない近習を怒りのままに刀を抜いて追い回したこともある。

「ええい、腹立たしいやつ」

言うことを聞かぬ女中を庭へ蹴り飛ばしたこともあった。

「なにをしている。遅いぞ」

夜中に火災鎮火訓練を言い出して、その動きが鈍いと近所迷惑も考えず、大声で怒鳴り散らす。

家臣たちにとって、浅野内匠頭は暴君であった。

「……江戸表はわかりませぬが、国元にあるのは……六百五十両ほどしか」

おずおずと大野九郎兵衛が答えた。

「六百五十両……まことか」

浅野内匠頭が絶句した。

「まことにございまする」

「なぜ、なぜ、そんなに金がない」

浅野内匠頭が大野九郎兵衛を詰問した。

「お城の建築費、転封の費用の支払いがまだ残っておりまして……」

大野九郎兵衛が理由を述べた。

「それでも少なすぎるであろう」

「…………」

「黙っていてはわからぬ。なんとか言わぬか」

顔面を朱に染めて浅野内匠頭が大野九郎兵衛を睨んだ。

「…………」

「殿」

黙りこんだ大野九郎兵衛に代わって、大石内蔵助が膝を進めた。

「なんじゃ、内蔵助」

浅野内匠頭が大石内蔵助を見た。

「江戸屋敷の費えも大きゅうございまして」

「むっ。吾が遣いすぎておると言いたいのか」

「遣いすぎているとは申しませぬ。ですが、江戸表の費えが負担となっているのはたしかでございまする」

大石内蔵助がはっきりと言った。

「江戸には江戸の付き合いがあるのじゃ」

参勤交代によって、天下の大名は一部を除いて、皆一年ごとに江戸へ出てこなければならない。当然、毎回同じ大名同士になるだけに、それなりの付き合いがある。婚姻、出産、元服《げんぷく》など、一年のうちにかならずある。

幕府は大名同士のかかわりを警戒している。そのため用もなく宴席や能狂言の会を開くことはできない。だが、それだけに滅多にない機会を利用して、家の力を誇示しようと、散財する。

火消しが趣味というだけに浅野内匠頭はそういった類いのことをしないが、そのぶん火消しの道具などに金を遣う。

「それは存じておりまする。なにもなければ、殿のなさることに否やは申しませぬ」

大石内蔵助が続けた。

「ですが、当家は城を新たに建てましてございまする」

浅野家は常陸笠間《かさま》から播州赤穂へと移封された。石高の変遷はなかったが、常陸笠間が表高と実高が等しいのに対し、赤穂は表高より実高が多い。実質、加増に近い転封だったが、

「城がない」

浅野内匠頭の祖父長直《ながなお》は不満だった。

大名には親藩、譜代、外様の他に格付けがあった。国主、準国主、城主、城主格、

陣屋という差があった。

国主は一国以上を領している大名で、天下には数人しかいない。憧れたところでどうしようもないが、城主ならば手が届く。城さえあれば、一万石でも城主になれる。ぎゃくに十万石でも城がなければ陣屋大名なのだ。

城主、これは大名にとって手の届く憧れであった。

しかし、一国一城令があり、城の数には限界がある。城主が移封したとたんに陣屋大名になる、陣屋大名が城主になることは多々あった。

それが浅野長直は我慢ができなかった。

「赤穂に城を建てさせていただきたく」

浅野長直は幕府へ嘆願した。最初、一国一城令を盾に拒んでいた幕府であったが、

「先祖の功に免じて、特別に許す」

そのしつこさに負けた。

「ただし、その費用はすべて浅野家で賄《まかな》うように」

当たり前の条件を幕府は付けた。

「全力で城を造る」

願いの叶った浅野長直は、調子に乗って五万三千石では無理のある縄張りをした。

そのせいで浅野家の藩庫は空になった。どころか多額の借財を背負うことになった。さらに浅野内匠頭の父長友《ながとも》が若くして病死してしまった。

結果、多額の借財は浅野内匠頭へと受け継がれてしまった。

「当藩は立藩以来、借財を抱えておりまする」

「わかっておる。だからこそ余自ら淀屋に足を運んで話をして参った」

大石内蔵助の意見に浅野内匠頭が反論した。

「それについては、かたじけなく存じております。ですが、当家には余裕がないことをお考えいただきたく」

「五万石だぞ。五万石の大名が藩庫に六百余りしかないなどあり得るのか。国元で無駄遣いをしておるのではないだろうな」

「ございませぬ」

浅野内匠頭の疑いに、大野九郎兵衛があわてて否定した。

「だとすれば、せっかく余が淀屋と話をしたのが無駄であったと」

「申しわけなき仕儀ながら」

嘆く浅野内匠頭に大石内蔵助が首を横に振った。

「殿」

「なんじゃ」

あらたまった大石内蔵助に、浅野内匠頭が発言を許した。

「なにとぞ、当家の勘定をお考えくださいますよう」

「考えておく」

大石内蔵助の諫言を浅野内匠頭は受け流した。

・

小鹿は朝の挨拶をすませて東町奉行所を出たところで、堺屋太兵衛の姿を見つけた。

「珍しいな。朝からどないしたんや」

「ちょっとお願いがおまして」

声をかけられた堺屋太兵衛が近づいてきた。

「お願い……吾にできることならなんでも言うてくれや」

世話になっている堺屋太兵衛の頼みである。小鹿は内容を聞かずにうなずいた。

「ほな、ご一緒くださいな」

堺屋太兵衛が先に立った。

「どこへ行くんや」

歩きながら、小鹿が問うた。

「まあ、言わぬが花ちゅうことで」

にやりと堺屋太兵衛が口の端を吊りあげた。

「……嫌な予感がする」

小鹿は詳細を聞かずに堺屋太兵衛の頼みを引き受けたことを後悔し始めた。

「…………」

土佐堀川を渡るまで堺屋太兵衛は無言であった。

「さて、あそこで」

橋を渡ったところで、堺屋太兵衛が指でさした。

「……おいっ」

小鹿が目を剝いた。

「さすがの山中さまも初めてですやろ」

堺屋太兵衛が小鹿を見た。

「淀屋はんに会うのは」

「…………」

呆然とする小鹿に堺屋太兵衛が告げた。

「……堺屋」

「面会の申しこみはすんでますよって。会えまっせ、淀屋はんに」

「なにを考えてる」

「商いのことと、山中さまのこと」

「吾のこと……」

小鹿が戸惑った。

「面白いお人でっさかいなあ。あと、哀れに過ぎまっしゃろ。ちいと手助けくらいしたくなりまっせ」

「哀れ……」

堺屋太兵衛の言葉に小鹿が啞然とした。

「言いましょかあ、全部」

「勘弁してくれ」

言われなくても碌でもない日々を経験してきていると、小鹿も自覚していた。

「ほな、行きましょうか」

「ちょ、ちょっと待ってくれ。いきなりは……」

「大事おまへんて。いかに淀屋いうたところで、鬼でも蛇でもおまへん。嚙《か》みつきはしまへんて」

緊張した小鹿の背中を堺屋太兵衛が叩いた。

「まあ、商いの妖怪《ようかい》ですけどなあ」

堺屋太兵衛が笑った。

「ほな、約束の刻限でっさかい、行きまっせ」

もう一度堺屋太兵衛が小鹿の背中を押した。

淀屋の店の間口はさほど大きくはなかった。これは、店で直接商品の受け渡しをおこなわないからであった。

その代わり、店の入り口から数軒ぶんほど離れたところに、来客用の門があった。

「門が開いてまっせ」

「ああ、水も打ってあるな」

大きく門を開き、埃が立たないように水を撒くのは、賓客《ひんきゃく》をもてなすという意味であった。

「よっしゃ、お邪魔しましょ」

さすがの堺屋太兵衛も気合いを入れて門をくぐった。

「堺屋さまでございますか」

玄関で若い女が出迎えた。

「さようで。堺屋太兵衛と申しま」

「ようこそ、お出でくださいました。主がお待ち申しております。どうぞ、おあがりを」

名乗った堺屋太兵衛を女性が、小鹿のことを訊きもせず案内に立った。

「怖ろしいことだ」

付いていきながら堺屋太兵衛が真剣な声でつぶやいた。

「どうした」

「どうやらわたしが山中さまをお連れするのを予想していたようで」

問うた小鹿に堺屋太兵衛が小声でささやいた。

「……そうか」

黙って付いてきたという引け目を払拭《ふっしょく》したことになる。小鹿は感じていた緊張が軽くなったと感じた。

「こちらでしばしお待ちを」

若い女が足を止め、襖を開いた。

「これは……」

なかを覗いた堺屋太兵衛が息を呑んだ。

「ただいま、お茶を」

すっと若い女が離れていった。

「山中さま、ちょっとご覧を」

「なんや」

客間に入った堺屋太兵衛が小鹿を招いた。

「この客間、最上級でっせ。あそこの壺は呂宋《ルソン》の壺、正面の掛け軸は雪舟《せっしゅう》の春山水図、そしてあそこの玉は翡翠《ひすい》やおまへん。蒼玉《そうぎょく》、それも星入り」

「それはすごいんか」

そういったものに縁のない小鹿は堺屋太兵衛の興奮に付いていけなかった。

「はああ」

これ以上ないといった様子で堺屋太兵衛がため息を吐いた。

「あの蒼玉だけで、お城が一つ建ちまっせ。壺は欲しい人に見せれば、一万両はいきますやろう」

「あの掛け軸は、高うないのか」

堺屋太兵衛が値付けしなかった掛け軸を小鹿が示した。

「あれは条件次第で値が変わりますねん。山水図は四季揃って初めて完成しますよってなあ、あの春だけやったら五百両というところですやろ」

「それでもええ値やけどな、四季揃えばどうなる」

人は金に興味を持つものである。小鹿が問うた。

「揃えば三千両、いや四千」

堺屋太兵衛が口にした。

「それほど」

小鹿が驚いた。

「目が利かはりますなあ」

開け放しの襖から声がした。

「あっ」

「これは」

客が座敷の置物や掛け軸の値踏みをするなど失礼の最たるものであった。堺屋太兵衛も小鹿もばつの悪そうな顔をした。

「いや、名乗りもせずにお声をかけさせてもらいました。ご勘弁を。淀屋の主重當でございます」

座敷に入ったところで淀屋重當が膝を突いて、ていねいに名乗った。

「これは畏れ入りまする。よろず珍品扱いを商いとしておりまする堺屋太兵衛でございまする。こちらは……」

「東町奉行所の同心山中さま」

小鹿を紹介しようとした堺屋太兵衛を遮って、淀屋重當が告げた。

「なっ」

天下の淀屋重當に名前まで知られているとは思わなかった小鹿が驚愕した。

「やはりご存じでしたか」

堺屋太兵衛が苦笑した。

「なぜ、吾のことを」

思わず乱入者の立場であることを忘れて、小鹿が訊いた。

「堺屋さん、先にお話しさせていただいても」

淀屋重當が堺屋太兵衛に許可を求めた。

「もちろんで。でなければお連れなんぞしません」

堺屋太兵衛が認めた。

「ありがとう存じます」

淀屋重當が堺屋太兵衛へ軽く頭を下げた。

「どうぞ」

気を見計らっていた若い女が茶を配った。

「すまぬ」

緊張で口の乾いていた小鹿が一礼した。

五

「よろしいかの。和田山内記介さまをご存じでございましょう」

淀屋重當が話を再開した。

「知っている。東町奉行所の筆頭与力さまだ」

どれだけ腹が立っていても、対外的には上役にあたる。呼び捨てにするわけにはいかなかった。

「その娘さまの伊那さまは」

「もと妻であった」

小鹿が苦い顔をした。

「その伊那さまを分家の淀屋善右衛門《ぜんえもん》が囲うという話が出ておりまして」

「常安家が」

淀屋重當の出した名前に小鹿が驚いた。

常安家というのは、淀屋の初代与三郎常安の養子であった喜入《きいれ》善右衛門を初代とする分家で、津村《つむら》近くの葭島《あしじま》を開発して靫《うつぼ》三町を造りあげた。他にも堺、京、長崎、江戸の商人だけに認められていた糸割賦《いとわっぷ》を大坂にも許可を出してくれるように奔走、実現させてもいる。

その淀屋善右衛門が常安橋付近に屋敷を構えたことで、常安家と呼ばれる分家筆頭となっていた。

「それで吾のことを調べたと」

「はい。今でも娘さまと繋がっているのではないかと」

「やれ、未練たらしい男と思われたらしい」

小鹿が肩をすくめた。

「事情はわかっておりまするが、なぜあのようなまねを」

あらためて淀屋重當が尋ねた。

「東町奉行所筆頭与力さまの娘さまですぞ。知らぬ顔で放っておいて、他に気に入った女を囲えばすんだのでは。事情を知っている和田山さまも咎め立てはなさいますまい」

上司の娘を妻として迎えられた、いや押しつけられた者の処世術であった。

「……本気で好きだったのだろうなあ」

小鹿が表情を消して告げた。好きだからこそ密通に耐えられなかった。

「……なるほど」

淀屋重當が腕を組んだ。

「憎んではりますか」

「……誰をや」

小鹿が訊いた。

「ご自身を」

和田山内記介とも伊那とも言わず、淀屋重當が確かめにきた。

「憎んでいる……そうやなあ。少し前まではそうやったかもしれぬ」

茶碗を持ちあげながら、小鹿が首をかしげた。

「今は」

続けて淀屋重當が尋ねた。

「今か……今は後悔してるなあ」

「伊那さまと離縁なさったことを」

小鹿は伊那を実家に返したことで、左遷されたうえ出向まで食らっている。しかもその出向も中山出雲守が江戸へ戻るまでである。そこから先小鹿には町奉行所での居所はなくなり、牢人になる。

「違うな。妻に迎えたことだ。色香に迷った己を殴りつけたい。若かったとはいえ、浮かれてしまった」

「うふふふふ」

小鹿が悔いを口にしたところで、若い女の笑い声が響いた。

「これ、園《その》」

淀屋重當が若い女を叱った。

「申しわけございませぬ。遠縁の者なのですが、しつけが行き届きませず」

小鹿へ淀屋重當が詫びた。

「愚かな女の後悔や。笑われても当然。気にしいな」

「ありがとう存じまする」

手を振った小鹿に園が頭を下げた。

「もうええかな」

「はい。かたじけなく」

小鹿の申し出に淀屋重當が首肯した。

「さて、お待たせを申しました。堺屋さん、御用を承りましょう」

「長谷部国重の太刀をお持ちやおへんか」

「……長谷部国重でございますか。刀もかなりございますので、すべてを覚えているとは……」

堺屋太兵衛に尋ねられた淀屋重當が困惑した。

「ございますよ。へし切りの写しでよろしければ」

園が口を出した。

「おまんのか」

堺屋太兵衛が身を乗り出した。

「…………」

園の口出しを淀屋重當は黙って見ていた。

「売っておくれやす」

「代金はいかほどで」

腰をあげかけた堺屋太兵衛に園が求めた。

「二百二十両でお願いします」

「……いささか安いのではございませんか」

堺屋太兵衛の提示した金に園が笑って首を左右に振った。

「相場より色をつけたつもりですが」

「売り買いは、売主が値を決めるもの。相場なんぞ意味はございません」

「……むうう」

堺屋太兵衛が園の言いぶんにうなった。

相場は売りたい、買いたいという者が集まってできる。売り手にその気がない、買い手がいないとか、売りたくても買おうという者がいなければ、成り立たなかった。

「二百二十両を慶長小判で出しますよって」

「あら、新小判なんぞを淀屋との取引にお遣いになられるおつもりだったのでございますか」

「ぐうう」

園が目を大きくしてみせた。

堺屋太兵衛が詰まった。

「園、出過ぎじゃ」

来客をもて遊ぶのは無礼である。淀屋重當が割って入った。

「すみませんでした」

すっと園が引いた。

「堺屋さん、なんでそこまでへし切り長谷部を」

「お客はんがいてますねん」

「なるほど。商いとなれば商人は全力を尽くすもの」

堺屋太兵衛の答えに淀屋重當がうなずいた。

「そちらはへし切り長谷部が欲しい。こちらは別段売らずともよい」

淀屋重當が続けた。

「商いは成り立ちまへん」

「金ですか」

「蔵にうなってます」

「では、なにを」

堺屋太兵衛が淀屋重當に訊いた。

「いろいろと探られたのでしょう、淀屋のことを。でなければここにへし切り長谷部があるとは気付きますまい」

「上方中を探ってどこにもないとなったら、残るのは淀屋さんだけ」

堺屋太兵衛がごまかした。

「失礼ながら、淀屋を甘く見ておられますな。当家と付き合いのあるお大名さま、商家さまに、堺屋さんが来られたかどうかを尋ねてみましたが、数軒、それもかなり前に訪《と》うていただけ、違いますか。堺屋さん、あなたはどこかで当家に目を付けた。それについてお話をいただければ、お売りいたしましょう」

淀屋重當が厳しい目で堺屋太兵衛を見た。

「……それは」

堺屋太兵衛がちらと小鹿の顔を窺った。

特別な荷のことから話すと、どうしても小鹿の任に触れることになる。

「堺屋どの、代わろう」

小鹿が口を挟んだ。

「山中さま……」

堺屋太兵衛が息を呑んだ。

「淀屋どの。いくら金を持っているといってもあんまり御上の顔を逆なでしてたら、痛い目に遭うぞ」

「……………」

小鹿の発言に一瞬淀屋重當が黙った。

「なんのことでございますか」

「とぼけるなら、話はここまでや」

淀屋重當がとぼけたのに、小鹿が切って捨てた。

「ご当主さま」

園があきれた声を出した。

「であったな」

淀屋重當が苦い顔をした。

「失礼をいたしましてございまする」

深く腰を曲げて、淀屋重當が小鹿に謝罪した。

「お大名がたへの貸金でございますか。それとも」

「慶長小判のことだ」

「露骨でございましたか」

淀屋重當が嘆息した。

「焦りすぎたようだ。淀屋ほどの男にしては」

「ですなあ。少しばかり焦りましたな。還暦を過ぎますと、残ったときが少なくなったことを如実に感じるもので」

小鹿の言葉に淀屋重當がさみしそうな顔をした。

「そういうものか」

若い小鹿にはまだわからなかった。

「園、刀を」

「はい」

命じられた園が一度部屋から出ていった。

「山中さま……一つお伺いしても」

「もちろん、かまわぬぞ」

小鹿が認めた。

「なぜ、町方役人さまがわたくしにお話をくださったので」

「御上に目を付けられていることは察しているんだろう」

「気付いておりました」

「そうか。わかっていてやったのか。子孫のためか」

「子や孫が淀屋の崩壊に巻きこまれるのは、哀れでございましょう」

「だな」

「では、山中さまはなぜ」

もう一度淀屋重當が問うた。

「なあ、淀屋。苦労は報われるべきだと思わんか」

「畏れ入りましてございまする」

淀屋重當が平伏した。

「お刀を」

やはり園が気を見計らって入ってきた。

「よろしいんで」

堺屋太兵衛が淀屋重當の顔を見た。

「ただではございませぬ。二百二十両ちょうだいいたしまする」

淀屋重當が手を出した。

「……お帰りになりました」

小鹿と堺屋太兵衛を見送った。

「どう思った」

「武家というのは体面を重んじるものでございますね。たかが刀一つのために大金を遣うとは。それも売り払った以上の金を」

「織田さまのことやないわ。わかってるくせに、まったく性根《しようね》の曲がった女《おなご》やで」

「お爺はんの孫やさかいなあ。血筋やで」

ため息を吐く淀屋重當に園が笑った。

「面白いお人やと思うわ」

「園に気に入られるとは、かわいそうなこっちゃ」

淀屋重當が小さく首を横に振った。

「仕組んだのはお爺はんやろ」

園があきれ返った。

御用部屋でようやく新しい人事が承認された。

「稲生下野守《いのうしもつけのかみ》が作事奉行に転じた後、久貝《くがい》因幡守を入れたが、それでも勘定奉行は足りておらぬと存ずる」

土屋相模守の提案は真っ当なものであったが、

「我らでは足りぬと」

荻原近江守の反対で話が進まなかった。

「勘定奉行は各地へ出張ることもある。一人がいなくなれば、三人で職務をこなさねばならぬ」

「それは……」

元禄十二年（一六九九）に荻原近江守も長崎へ出張している。交易の実態を確認するとの理由であったが、半年近く江戸を留守にした。その間、勘定方の職務が滞ったことはたしかなことであった。

「やむを得ませぬ」

土屋相模守との交渉で荻原近江守が折れるまでに、けっこうなときが浪費された。

「とりあえずは一人で」

それでも荻原近江守は抵抗した。

「では、中山出雲守を勘定奉行にいたす手続きに入る」

土屋相模守が人事を司る奥右筆へ指示を出した。

「江戸へ帰る用意をする」

報せを受けた中山出雲守が家臣たちに指図した。

「あと、山中小鹿を呼び出せ」

中山出雲守が命じた。

本書は文庫書下ろし作品です。

|著者|上田秀人　1959年大阪府生まれ。大阪歯科大学卒。'97年小説CLUB新人賞佳作。歴史知識に裏打ちされた骨太の作風で注目を集める。講談社文庫の「奥右筆秘帳」シリーズは、「この時代小説がすごい！」（宝島社刊）で、2009年版、2014年版と二度にわたり文庫シリーズ第一位に輝き、第３回歴史時代作家クラブ賞シリーズ賞も受賞。抜群の人気を集める。初めて外様の藩を舞台にした「百万石の留守居役」シリーズなど、文庫時代小説の各シリーズのほか歴史小説にも取り組み、『孤闘　立花宗茂』で第16回中山義秀文学賞を受賞。他の著書に『竜は動かず　奥羽越列藩同盟顛末（上下）』など。総部数は1000万部を超える。2022年第７回吉川英治文庫賞を「百万石の留守居役」シリーズで受賞した。
上田秀人公式HP「如流水の庵」http://www.ueda-hideto.jp/

悪貨《あっか》　武商繚乱記《ぶしょうりょうらんき》（二）
上田秀人《うえだひでと》

講談社文庫
定価はカバーに
表示してあります

2023年４月14日第１刷発行

KODANSHA

発行者――鈴木章一
発行所――株式会社　講談社
東京都文京区音羽2-12-21　〒112-8001
電話　出版（03）5395-3510
　　　販売（03）5395-5817
　　　業務（03）5395-3615
Printed in Japan

デザイン―菊地信義
本文データ制作―講談社デジタル製作
印刷―――凸版印刷株式会社
製本―――株式会社国宝社

ISBN978-4-06-531596-5

講談社文庫刊行の辞

二十一世紀の到来を目睫に望みながら、われわれはいま、人類史上かつて例を見ない巨大な転換期をむかえようとしている。

世界も、日本も、激動の予兆に対する期待とおののきを内に蔵して、未知の時代に歩み入ろうとしている。このときにあたり、創業の人野間清治の「ナショナル・エデュケイター」への志を現代に甦らせようと意図して、われわれはここに古今の文芸作品はいうまでもなく、ひろく人文・社会・自然の諸科学から東西の名著を網羅する、新しい綜合文庫の発刊を決意した。

激動の転換期はまた断絶の時代である。われわれは戦後二十五年間の出版文化のありかたへの深い反省をこめて、この断絶の時代にあえて人間的な持続を求めようとする。いたずらに浮薄な商業主義のあだ花を追い求めることなく、長期にわたって良書に生命をあたえようとつとめるところにしか、今後の出版文化の真の繁栄はあり得ないと信じるからである。

同時にわれわれはこの綜合文庫の刊行を通じて、人文・社会・自然の諸科学が、結局人間の学にほかならないことを立証しようと願っている。かつて知識とは、「汝自身を知る」ことにつきていた。現代社会の瑣末な情報の氾濫のなかから、力強い知識の源泉を掘り起し、技術文明のただなかに、生きた人間の姿を復活させること。それこそわれわれの切なる希求である。

われわれは権威に盲従せず、俗流に媚びることなく、渾然一体となって日本の「草の根」をかたちづくる若く新しい世代の人々に、心をこめてこの新しい綜合文庫をおくり届けたい。それは知識の泉であるとともに感受性のふるさとであり、もっとも有機的に組織され、社会に開かれた万人のための大学をめざしている。大方の支援と協力を衷心より切望してやまない。

一九七一年七月

野間省一

講談社文庫 最新刊

内館牧子 **今度生まれたら**

人生をやり直したい。あの時、別の道を選んでいれば——。著者「高齢者小説」最新文庫！

上田秀人 **悪貨** 〈武商繚乱記（二）〉

豪商・淀屋の弱点とは？ 大坂奉行所同心の山中《やまなか》小鹿《ころく》の前にあらわれたのは……。〈文庫書下ろし〉

五十嵐律人 **法廷遊戯**

ミステリランキング席巻の鮮烈デビュー作、ついに文庫化！ 第62回メフィスト賞受賞作。

窪 美澄 **私は女になりたい**

人として、女として、生きるために。直木賞作家が描く「最後」の恋。本当の恋愛小説。

溝口 敦 **喰うか喰われるか** 〈私の山口組体験〉

三度の襲撃に見舞われながら、日本最大の組織暴力を取材した半世紀にわたる戦いの記録。

夢枕 獏 **大《おお》江《え》戸《ど》火《か》龍《りゅう》改《あらため》**

妖怪《あやかし》を狩る、幕府の秘密組織——その名を「火龍改」。著者真骨頂の江戸版『陰陽師《おんみょうじ》』！

神楽坂 淳 **うちの旦那が甘ちゃんで** 〈飴どろぼう編〉

唇《くちびる》に塗って艶《つや》を出す飴が流行《はや》り、その飴屋を狙う盗賊が出現。沙耶《さや》が出動することに。

講談社文庫 最新刊

紗倉まな **春、死なん**
現役人気AV女優が「老人の性」「母の性」を精魂こめて描いた野間文芸新人賞候補作。

横山光輝
山岡荘八・原作 **漫画版 徳川家康 6**
秀吉は九州を平定後、朝鮮出兵を図るも病没。満を持して家康は石田三成と関ケ原で激突。

潮谷験 **エンドロール**
姉の遺作が、自殺肯定派に悪用されている！弟は愛しき「物語」を守るため闘い始めた。

高梨ゆき子 **大学病院の奈落**
最先端の高度医療に取り組む大学病院で相次いでいた死亡事故。徹底取材で真相に迫る。

西澤保彦 **夢魔の牢獄**
22年前の殺人事件。教師の田附《たづき》は当時の友人たちに憑依、迷宮入り事件の真相を追う。

日本推理作家協会 編 **2020 ザ・ベストミステリーズ**
「夫の骨」（矢樹純《やぎじゅん》）を筆頭に、プロの読み手が選んだ短編ミステリーのベスト9が集結！

嶺里俊介 **ちょっと奇妙な怖い話**
事実を元に練り上げた怖い話が9編。どこまでが本当か気になって眠れなくなる短編集！

講談社タイガ

森博嗣 **君が見たのは誰の夢？**
〈Whose Dream Did You See?〉
ロジの身体に不具合が発見され、未知の新種ウィルスに感染している可能性が浮上する。

〈既刊紹介〉

上田秀人作品◆講談社

第7回 吉川英治文庫賞受賞！

百万石の留《る》守《す》居《い》役《やく》 シリーズ

老練さが何より要求される藩の外交官に、若き数馬が挑む！

外様第一の加賀《かが》藩。旗本から加賀藩士となった祖父をもつ瀬能数馬《せのうかずま》は、城下で襲われた重臣前田直作《まえだなおなり》を救い、五万石の筆頭家老本多政長《ほんだまさなが》の娘、琴《こと》に気に入られ、その運命が動きだす。江戸で数馬を待ち受けていたのは、留《る》守《す》居《い》役《やく》という新たな役目。藩の命運が双肩にかかる交渉役には人脈と経験が肝心。剣の腕以外、何もない若者に、きびしい試練は続く！

第一巻『波乱』2013年11月 講談社文庫

上田秀人作品◆講談社

第一巻『波乱』
2013年11月
講談社文庫

第二巻『思惑』
2013年12月
講談社文庫

第三巻『新参』
2014年6月
講談社文庫

第四巻『遺臣』
2014年12月
講談社文庫

第五巻『密約』
2015年6月
講談社文庫

第六巻『使者』
2015年12月
講談社文庫

第七巻『貸借』
2016年6月
講談社文庫

第八巻『参勤』
2016年12月
講談社文庫

第九巻『因果』
2017年6月
講談社文庫

第十巻『忖度』
2017年12月
講談社文庫

第十一巻『騒動』
2018年6月
講談社文庫

第十二巻『分断』
2018年12月
講談社文庫

第十三巻『舌戦』
2019年6月
講談社文庫

第十四巻『愚劣』
2019年12月
講談社文庫

第十五巻『布石』
2020年6月
講談社文庫

第十六巻『乱麻』
2020年12月
講談社文庫

第十七巻『要訣』
2021年6月
講談社文庫

〈全十七巻完結〉

上田秀人作品◆講談社

奥《おく》右《ゆう》筆《ひつ》秘帳 シリーズ

「筆」の力と「剣」の力で、幕政の闇に立ち向かう圧倒的人気シリーズ！

第一巻『密封』 2007年9月 講談社文庫

江戸城の書類作成にかかわる奥右筆組頭《おくゆうひつくみがしら》の立花併右衛門《たちばなへいえもん》は、幕政の闇にふれる。帰路、命を狙われた併右衛門は隣家の次男、柊衛悟《ひいらぎえいご》を護衛役に雇う。松平定信《まつだいらさだのぶ》、将軍家斉《いえなり》の父・一橋治済《ひとつばしはるさだ》の権をめぐる争い、甲賀《こうが》、伊賀《いが》、お庭番の暗闘に、併右衛門と衛悟は巻き込まれていく。「この時代小説がすごい！」（宝島社刊）でも二度にわたり第一位を獲得したシリーズ！

上田秀人作品◆講談社

第一巻
『密封』
2007年9月
講談社文庫

第二巻
『国禁《こっきん》』
2008年5月
講談社文庫

第三巻
『侵蝕《しんしょく》』
2008年12月
講談社文庫

第四巻
『継承』
2009年6月
講談社文庫

第五巻
『簒奪《さんだつ》』
2009年12月
講談社文庫

第六巻
『秘闘』
2010年6月
講談社文庫

第七巻
『隠密』
2010年12月
講談社文庫

第八巻
『刃傷』
2011年6月
講談社文庫

第九巻
『召抱《めしかかえ》』
2011年12月
講談社文庫

第十巻
『墨痕《ぼっこん》』
2012年6月
講談社文庫

第十一巻
『天下』
2012年12月
講談社文庫

第十二巻
『決戦』
2013年6月
講談社文庫

〈全十二巻完結〉

前夜　奥右筆外伝

併右衛門、衛悟、瑞紀《みずき》をはじめ
宿敵となる冥府防人《めいふさきもり》らそれぞれの
「前夜」を描く上田作品初の外伝！

2016年4月
講談社文庫

上田秀人作品◆講談社

天主信長

〈表〉我こそ天下なり
〈裏〉天を望むなかれ

本能寺と安土城、戦国最大の謎に二つの大胆仮説で挑む。

信長の死体はなぜ本能寺《ほんのうじ》から消えたのか？　安土《あづち》に築いた豪壮な天守閣の狙いとは？　信長の遺《のこ》した謎に、敢然と挑む。文庫化にあたり、別案を〈裏〉として書き下ろす。信長編の〈表〉と黒田官兵衛編の〈裏〉で、二倍面白い上田歴史小説！

〈表〉我こそ天下なり
2010年8月　講談社単行本
2013年8月　講談社文庫

〈裏〉天を望むなかれ
2013年8月　講談社文庫

上田秀人作品◆講談社

梟《ふくろう》の系譜　宇喜多四代

戦国の世を生き残れ！
梟雄と呼ばれた宇喜多秀家の真実。

織田、毛利、尼子《あまこ》と強大な敵に囲まれた備前に生まれ、勇猛で鳴らした祖父能家《よしいえ》を裏切りで失い、父と放浪の身となった直家《なおいえ》は、宇喜多《うきた》の名声を取り戻せるか？

『梟の系譜』2012年11月　講談社単行本
2015年11月　講談社文庫

軍師の挑戦　上田秀人初期作品集

斬新な試みに注目せよ。
上田作品のルーツがここに！

デビュー作「身代わり吉右衛門」（「逃げた浪士」に改題）をふくむ、戦国から幕末まで、歴史の謎に果敢に挑んだ八作。上田作品の源泉をたどる胸躍る作品群！

『軍師の挑戦』2012年4月　講談社文庫

上田秀人公式ホームページ「如流水の庵」
http://www.ueda-hideto.jp/

講談社文庫「百万石の留守居役」ホームページ
http://kodanshabunko.com/hyakumangoku/

講談社文庫「奥右筆秘帳」ホームページ
http://kodanshabunko.com/okuyuhitsu/

講談社文庫 目録

講談社文庫　目録

木内一裕　水の中の犬
木内一裕　アウト&アウト
木内一裕　キッド
木内一裕　デッドボール
木内一裕　神様の贈り物
木内一裕　喧嘩猿
木内一裕　バードドッグ
木内一裕　不愉快犯
木内一裕　嘘ですけど、なにか？
木内一裕　ドッググレース
木内一裕　飛べないカラス
木内一裕　小麦の法廷
北山猛邦　『クロック城』殺人事件
北山猛邦　『アリス・ミラー城』殺人事件
北山猛邦　私たちが星座を盗んだ理由
北山猛邦　さかさま少女のためのピアノソナタ
北　康利　白洲次郎　占領を背負った男　(上)(下)
貴志祐介　新世界より　(上)(中)(下)
岸本佐知子 編訳　変《ヘン》愛《アイ》小説集
岸本佐知子 編　変愛小説集　日本作家編
木原浩勝　文庫版 現世《うつしよ》怪談(一)　主人の帰り
木原浩勝　文庫版 現世怪談(二)　白刃の盾
木原浩勝　増補改訂版 もう一つの「バルス」〈―宮崎駿と『天空の城ラピュタ』の時代―〉
喜国雅彦 国樹由香　メフィストの漫画
喜国雅彦 国樹由香　本格力〈本棚探偵のミステリ・ブックガイド〉
清武英利　石つぶて〈警視庁 二課刑事の残したもの〉
清武英利　しんがり〈山一證券 最後の12人〉
清武英利　トッカイ〈不良債権特別回収部〉
喜多喜久　ビギナーズ・ラボ
岸見一郎　哲学人生問答
木下昌輝　つわもの
黒岩重吾　新装版 古代史への旅
栗本　薫　新装版 ぼくらの時代
黒柳徹子　窓ぎわのトットちゃん 新組版
倉知　淳　新装版 星降り山荘の殺人
熊谷達也　浜の甚兵衛
倉阪鬼一郎　八丁堀の忍
倉阪鬼一郎　八丁堀の忍(二)〈大川端の死闘〉
倉阪鬼一郎　八丁堀の忍(三)〈遥かなる故郷〉
倉阪鬼一郎　八丁堀の忍(四)〈隻腕の抜け忍〉
倉阪鬼一郎　八丁堀の忍(五)〈討伐隊、動く〉
倉阪鬼一郎　八丁堀の忍(六)〈死闘、裏伊賀〉
黒田研二　神様の思惑
黒木　渚　壁の鹿
黒木　渚　本性
黒木　渚　檸檬の棘
久坂部羊　祝葬
黒澤いづみ　人間に向いてない
久賀理世　奇譚蒐集家　小泉八雲〈白衣の女〉
久賀理世　奇譚蒐集家　小泉八雲〈終わりなき夜に〉
雲居るい　破《は》蕾《らい》
鯨井あめ　晴れ、時々くらげを呼ぶ
決戦！シリーズ　決戦！関ヶ原
決戦！シリーズ　決戦！大坂城
決戦！シリーズ　決戦！本能寺
決戦！シリーズ　決戦！川中島
決戦！シリーズ　決戦！桶狭間

決戦！シリーズ 決戦！関ヶ原2
決戦！シリーズ 決戦！新選組
決戦！シリーズ 決戦！賤ヶ岳
決戦！シリーズ 決戦！忠臣蔵
決戦！シリーズ 風 雲〈戦国アンソロジー〉
小峰 元 アルキメデスは手を汚さない
今野 敏 ST 警視庁科学特捜班 エピソード1〈新装版〉
今野 敏 ST 警視庁科学特捜班 毒物殺人〈新装版〉
今野 敏 ST 警視庁科学特捜班〈黒いモスクワ〉
今野 敏 ST 警視庁科学特捜班〈青の調査ファイル〉
今野 敏 ST 警視庁科学特捜班〈赤の調査ファイル〉
今野 敏 ST 警視庁科学特捜班〈黄の調査ファイル〉
今野 敏 ST 警視庁科学特捜班〈緑の調査ファイル〉
今野 敏 ST 警視庁科学特捜班〈黒の調査ファイル〉
今野 敏 ST 為朝伝説殺人ファイル〈警視庁科学特捜班〉
今野 敏 ST 桃太郎伝説殺人ファイル〈警視庁科学特捜班〉
今野 敏 ST 沖ノ島伝説殺人ファイル〈警視庁科学特捜班〉
今野 敏 ST 化合 エピソード0〈警視庁科学特捜班〉
今野 敏 ST プロフェッション〈警視庁科学特捜班〉
今野 敏 特殊防諜班 諜報潜入
今野 敏 特殊防諜班 聖域炎上
今野 敏 特殊防諜班 最終特命
今野 敏 茶室殺人伝説
今野 敏 奏者水滸伝 白の暗殺教団
今野 敏 同 期
今野 敏 欠 落
今野 敏 変 幻
今野 敏 警視庁FC
今野 敏 カットバック 警視庁FCII
今野 敏 継続捜査ゼミ
今野 敏 エ ム エ ス〈継続捜査ゼミ2〉
今野 敏 蓬 莱〈新装版〉
今野 敏 イ コ ン〈新装版〉
後藤正治 拗《す》ね者たらん〈本田靖春 人と作品〉
幸田 文 崩 れ
幸田 文 季節のかたみ
幸田 文 台所のおと〈新装版〉
小池真理子 冬の伽藍
小池真理子 夏の吐息
小池真理子 千日のマリア
五味太郎 大人問題
鴻上尚史 あなたの魅力を演出するちょっとしたヒント
鴻上尚史 鴻上尚史の俳優入門
鴻上尚史 青空に飛ぶ
小泉武夫 納豆の快楽
近藤史人 藤田嗣治「異邦人」の生涯
小前 亮 趙《ちょう》匡《きょう》胤《いん》〈宋の太祖〉
小前 亮 始皇帝の永遠〈天下一統〉
小前 亮 劉《りゅう》裕《ゆう》〈豪剣の皇帝〉
香月日輪 妖怪アパートの幽雅な日常①
香月日輪 妖怪アパートの幽雅な日常②
香月日輪 妖怪アパートの幽雅な日常③
香月日輪 妖怪アパートの幽雅な日常④
香月日輪 妖怪アパートの幽雅な日常⑤
香月日輪 妖怪アパートの幽雅な日常⑥
香月日輪 妖怪アパートの幽雅な日常⑦
香月日輪 妖怪アパートの幽雅な日常⑧

講談社文庫　目録

講談社文庫　目録

佐高　信　石原莞爾 その虚飾
佐高　信　わたしを変えた百冊の本
佐高　信　新装版 逆命利君
佐藤雅美　ちよの負けん気、実の父親〈物書同心居眠り紋蔵〉
佐藤雅美　へこたれない人〈物書同心居眠り紋蔵〉
佐藤雅美　わけあり師匠事《こと》の顛末〈物書同心居眠り紋蔵〉
佐藤雅美　御奉行の頭の火照《ほて》り〈物書同心居眠り紋蔵〉
佐藤雅美　敵《かたき》討ちか主殺しか〈物書同心居眠り紋蔵〉
佐藤雅美　江戸繁昌記〈寺門静軒無聊伝〉
佐藤雅美　青雲遥かに〈大内俊助の生涯〉
佐藤雅美　悪足掻《あが》きの跡始末 厄介弥三郎
佐藤雅美　恵比寿屋喜兵衛手控え〈新装版〉
酒井順子　負け犬の遠吠え
酒井順子　朝からスキャンダル
酒井順子　忘れる女、忘れられる女
酒井順子　次の人、どうぞ！
酒井順子　ガラスの50代
佐野洋子　嘘ばっか〈新釈・世界おとぎ話〉
佐野洋子　コッコロから

佐川芳枝　寿司屋のかみさん サヨナラ大将
笹生陽子　ぼくらのサイテーの夏
笹生陽子　きのう、火星に行った。
笹生陽子　世界がぼくを笑っても
沢木耕太郎　一号線を北上せよ〈ヴェトナム街道編〉
佐藤多佳子　一瞬の風になれ 全三巻
笹本稜平　駐在刑事
笹本稜平　駐在刑事 尾根を渡る風
西條奈加　世直し小町りんりん
西條奈加　まるまるの毬《いが》
西條奈加　亥子《いのこ》ころころ
佐伯チズ　改訂完全版 佐伯チズ式「完全美肌バイブル」〈123の肌悩みにズバリ回答！〉
斉藤　洋　ルドルフとイッパイアッテナ
斉藤　洋　ルドルフともだちひとりだち
佐々木裕一　公家武者 信平《のぶひら》〈消えた狐丸〉
佐々木裕一　逃げた名馬〈公家武者 信平㈡〉
佐々木裕一　比叡山の鬼〈公家武者 信平㈢〉
佐々木裕一　公《く》卿《ぎょう》の罠《わな》〈公家武者 信平㈣〉
佐々木裕一　狙われた旗本〈公家武者 信平㈤〉

佐々木裕一　赤い刀身〈公家武者 信平㈥〉
佐々木裕一　帝《みかど》の刀匠《とうしょう》〈公家武者 信平㈦〉
佐々木裕一　若君の覚悟〈公家武者 信平㈧〉
佐々木裕一　くもの頭領〈公家武者 信平㈨〉
佐々木裕一　宮中の誘い〈公家武者 信平㈩〉
佐々木裕一　雲雀《ひばり》の太刀〈公家武者 信平⑪〉
佐々木裕一　決着の鬨《とき》〈公家武者 信平⑫〉
佐々木裕一　姉妹の絆〈公家武者 信平⑬〉
佐々木裕一　狐のちょうちん〈公家武者信平ことはじめ㈠〉
佐々木裕一　姫のため息〈公家武者信平ことはじめ㈡〉
佐々木裕一　四谷の弁慶〈公家武者信平ことはじめ㈢〉
佐々木裕一　暴れ公卿〈公家武者信平ことはじめ㈣〉
佐々木裕一　千石の夢〈公家武者信平ことはじめ㈤〉
佐々木裕一　妖《あや》し火〈公家武者信平ことはじめ㈥〉
佐々木裕一　十万石の誘い〈公家武者信平ことはじめ㈦〉
佐々木裕一　黄泉《よみ》の女〈公家武者信平ことはじめ㈧〉
佐々木裕一　将軍の宴〈公家武者信平ことはじめ㈨〉
佐々木裕一　宮中の華〈公家武者信平ことはじめ㈩〉
佐々木裕一　乱れ坊主〈公家武者信平ことはじめ⑪〉

2023年 3月15日現在